맛 — 멋 — 흥 — 한국에 취하다

맛 멋 흥
한국에 취하다

1판 1쇄 발행 2014년 9월 15일

지은이 정목일
펴낸이 송여원
펴낸곳 청조사
등록 1-419(1976.9.27)
주소 413-170 경기도 파주시 문발로 453 스크린그래픽센터 4층
전화 (02)922-3931~5 **팩스** (02)926-7264
이메일 chungjosa@hanmail.net **홈페이지** www.chungjosa.co.kr

책임편집 윤경선
인쇄 스크린인쇄 **제본** 서경제책

ISBN 978-89-7322-352-7 03800

국립중앙도서관 출판시도서목록(CIP)

맛 멋 흥 한국에 취하다 : 정목일 수필집 / 지은이: 정목일. — 서울 : 청조사, 2014

ISBN 978-89-7322-352-7 03800 : ₩13000

한국 현대 수필[韓國現代隨筆]

814.7-KDC5
895.745-DDC21   CIP2014025651

맛 멋 흥
한국에 취하다

정목일 수필집

청조사

수필을 써온 지 40년이 된다. 1975년 〈월간문학〉, 1976년 〈현대문학〉 지를 통해 수필로 데뷔한 첫 등단자로서 걸어온 길을 생각한다. 지방에 있었고 수필에 대한 인식도 좋은 편이 아니어서 외로운 길을 걸어왔다. 무명의 풀꽃이라도 피워 보자는 심사로 묵묵히 보낸 세월이었다.

다행스런 일은 수필을 쓰는 많은 분들과 소통하면서 외로움을 달랠 수 있었고, 수필집만도 십여 권이나 내게 되었다는 것이다. 작가에겐 작품의 양적인 면보다 질적인 성과가 요구된다. 수필 쓰기 40년 동안 무엇을 남겼는가를 성찰하면서, 허허벌판에 서 있는 나를 되돌아본다.

수필이 신변잡사에 그치지 않고 개성과 독자성을 살려보자는 생각으로, 민족의 삶과 문화로 계승돼 오는 민족정서와 마음을 현대 감각으로 재조명해 보자는 생각으로 서정수필을 써왔다. 민족의 숨결과 모습들을 찾아내고 고유한 미의식을 현대생활에 접목시켜

보려 했다. 다문화 속에서 한국미의 발견과 재음미를 통해 우리 얼과 문화를 잊지 않고 한류시대를 열어가는 데 조금이라도 도움이 되었으면 하는 생각에서이다.

이 작품은 연초에 간행된《나의 한국미 산책》에 이은 것으로, 우리 문화유산에서 발견한 한국의 미와 달빛, 꽃, 계절, 춤, 생활 등에서 얻은 정서와 미학을 담아보려 했다.

이 책에 풀어놓은 얘기들은 전문적인 탐구가 아니다. 나 그리고 우리의 삶과 주변에서 찾을 수 있는 맛, 멋, 미의 흥이다. 이런 일상에서 민족의 숨결과 감성, 그리고 지혜를 통한 깨달음을 보여주고자 했다. 이 책이 민족의 마음과 삶에서 얻은 아름다움을 알고 공유하는 계기가 됐으면 한다.

2014년 가을

정목일(鄭木日)

1

한국 문화재의 미

2

한국의 생활미학

3

한국의 춤

4

한국의 꽃

5

한국 계절의 미학

6

달빛 서정

한국
문화재의 미

미완^{未完}이 주는 여운,
달항아리

    달항아리를 보면 달빛의 맑은 도취에 빠진다. 달빛 속 미인이나 꽃은 더 어여쁘고 향기롭다. 햇빛은 사물의 분명한 모습을 드러내지만, 달빛은 마음까지 닿아오는 여운을 준다.

    달항아리를 보면 불현듯 조선 중엽의 달밤 속에 있는 듯하다. 달은 농경시대에 우주의 중심, 마음의 한가운데에 있었다. 농사일과 살아가는 일 모두가 달의 주기에 맞춰졌다. 한국인의 마음속에는 보름달이 떠 있었다. 달은 해보다 유약해 보이지만 마음을 끌어들이는 힘이 있다. 햇빛처럼 눈부시지 않고, 한없이 부드러운 세계를 펼쳐낸다.

    달항아리는 단순함의 미학, 비어 있음의 아름다움을 지녔다. 볼수록 정이 가고 그리움이 넘치는 달빛의 세계…… 달항아리는 세

맛 멋 홍 한국에 취하다

계에서도 찾아볼 수 없는 한국인의 마음과 미학을 담아 놓은 도자기다.

달항아리는 장식이나 꾸밈이 없다. 순백의 공간에 달빛의 충만이 있을 뿐이다. 텅 비어 있어서 적막 속에 그리움이 밀려온다. 한국의 문화는 햇빛 문화라기보다는 달빛 문화가 아닐까 싶다. 환희 드러낸 당당함의 미학이 아니라 달빛 속에 물든 은근함과 정갈함의 미학이다. 담백함과 순박함이 마음을 끌어당겨 오래도록 싫증나지 않는 아름다움을 지니고 있다.

18세기, 중국은 백자 위에 녹·황·백 삼채(三彩)와 청·황·홍·백·흑 오채(伍彩)의 화려한 채색 자기를 만들었다. 일본도 섬세하고 정교한 채색 자기를 만들었다. 그러나 우리 한국은 고려 5백 년간 청색을, 조선 5백 년간엔 백색을 탐구했다. 세계에서 한국인만이 5백 년에 걸쳐 청자와 백자를 만드는 데 심혈과 역량을 쏟았다. 울긋불긋 휘황찬란한 다색(多色)이 아닌 단색(單色)의 추구에 집중해 왔다.

한국인의 미의식은 겉으로 드러나는 치레나 장식, 과장, 기교 등의 의식보다는 본질의 탐구나 마음의 정화, 깨달음에 집중한다. 청색은 티끌 한 점 묻지 않은 청정의 하늘, 백색은 고요와 맑음의 달밤을 담아 놓았다. 한국인의 마음은 우주와 영원의 세계에 닿아 있다. 달항아리엔 화려하고 사치스런 것을 떨쳐버리고, 영원을 발견하려는 마음과 정화가 담겨 있다. 마음에 묻은 때와 얼룩을 얼마나 씻어내야 텅 빈 푸른 하늘이 되고, 맑은 달밤이 될 수 있을까.

백자엔 민족의 마음을 담았다. 태어나서 입는 배내옷, 그리고 죽어서 입는 수의도 흰색이다. 한국인은 유독 흰색을 좋아한다. 동서고금의 모든 장식들이 기교에 빠져 화려하고 사치스러운 면을 드러내는 것과 달리 조선의 자기는 단순하고 자연스런 형태 속에 소박하고 정갈한 미를 품어낸다. 일체의 허식과 과장을 버리고 욕심을 비워낸 바탕에 여백의 미가 흐른다.

달항아리는 달빛을 담아 텅 비어 있는 세계다. 달빛 외엔 아무것도 보이지 않지만 어디선가 대금 소리가 들리는 듯하다. 사뿐사뿐 정적을 밟고 임이 걸어오는 소리가 들리는 듯하다. 비어 있기에 보이는 마음의 세계다.

국립중앙박물관 보물 1437호, 국립고궁박물관 국보 제310호를 찾으면 달항아리를 만날 수 있다. 국보 제309호 '백자대호(白磁大壺)'(삼성미술관 리움 보관)는 높이 44cm, 몸통 지름 42cm 크기에 구연부가 짧고 45도 정도 경사진 것으로 보름달처럼 보이긴 하나 완전한 원형(圓形)은 아니다. 높이가 40cm가 넘는 것을 '달항아리'라 부르는데, 몸체 윗부분과 아랫부분을 따로 만들어 붙인 뒤 높은 온도의 불가마에서 굽기 때문에 접합 부분이 변형되어서 보름달처럼 둥근 형태로 나오는 경우는 드물다.

달항아리는 온전한 원형이 아니다. 한쪽으로 약간 비뚤어진 곡선이 흘러들어 더 운치 있고 여유 있다. 좌우대칭의 완전한 곡선이 아니라, 흐름이 굽어져서 흐른 모습에서 더 다감하고 구수한 느낌이 든다. 달항아리마다 조금씩 다른 모습에서 장인의 손길과 마음이 느껴진다. 보름달보다 열나흘 날 달처럼 어딘가 약간 비어 있는 듯한 모습이 마음을 끌어당긴다. 만월(滿月)의 완벽이 아닌 미완(未完)이 주는 여운이다. 앞뒤좌우 빈 틈 없는 원형이 아니어서 더 정겹고 마음이 간다. 어느 한쪽이 비스듬히 구부러진 데서 진솔한 멋과 소탈한 맛을 느낄 수 있다. 빈틈과 여백이 있기에 보는 이 스스로 마음으로 채워가는 맛을 알게 해 준다.

우리 선조들은 달항아리를 왜 만들었을까. 어두운 밤에도 마음이 부셔서 황홀해지는 달밤을 맞아들일 수 있게 하기 위함이 아니었을까. 달은 말 없는 벗이자 대화자다. 우주와 마주앉아 오랫동안 바라보며 소통할 수 있는 대상으로 달보다 좋은 벗은 없다. 백색의 텅 빈 공간에 무한의 달빛이 내려와 있다.

달항아리는 원만하고 안정감이 있다. 평화롭고 순박하다. 맑고 고요하며, 점점 깊어지고 환해진다. 지상(地上)과 천상(天上)이 만나고, 찰나와 영원이 만난다. 달항아리엔 어떤 순간에서도 때 묻지 않고 순박한 삶을 살고자 한 선조들의 심성이 담겨 있다. 바라보면 달처럼 떠올라 무상무념의 세계에 잠길 듯하다. 삶의 발견과 깨달음의 미학을 담아놓은 그릇이다. 한국인의 영혼과 한국미의 정화(精華)가 담겨 있다.

맛 멋 흥 한국에 취하다

그리움을 위해 열어둔 문,
다구 茶具

　　방이나 실내에 다구가 놓인 풍경을 보고 있노라면 마음이 포근해진다. 여유를 머금은 대화의 표정이 보이고 미소가 흐른다. 다구가 놓임으로서, 텅 빈 공간은 사색과 명상의 공간이 된다. 방 안은 어느새 우주의 한복판이 된다. 마음의 중심에 허리를 곧추 세우고 눈을 감은 채 묵상에 잠기고 싶어진다. 대웅전의 석가모니불처럼 가부좌를 틀고 앉는다. 그 자리는 고요와 우주의 중심점이며, 깨달음의 자리가 된다. 허리를 세운 몸매의 선은 부드럽고 표정은 무아(無我)의 경지다.

　　다구가 있는 실내는 자연과 우주와의 대화 공간으로 확장된다. 다구를 준비한다는 것은 만남과 대화를 준비하는 것이다. 혼자 차를 마실 때도 마음과 대화를 나눌 수 있으며, 몇 천 년 전 책 속의 인물과도 만날 수 있다. 시공을 초월한 대화와 교감의 순간이다.

찻그릇은 구수하고 담담하다. 지나친 장식으로 남의 눈을 현혹하지 않고 풀꽃처럼 삼삼하고 수더분하다. 동양권이라도 중국의 찻그릇이 눈에 띄게 화려하고 사치스럽다면, 일본의 것은 섬세하고 정교하다. 중국의 도자기가 모란이라면, 일본 도자기는 난초이거나 매화 같다. 한국의 찻잔과 도자기의 첫인상은 덤덤하고 수수하지만 볼수록 정이 가고 그리움을 담고 있다는 점에서 풀꽃이 아닐까 싶다. 이슬에 젖은 순정한 풀꽃이 지닌 순수와 진솔함이 마음을 끌어당긴다.

한국의 찻사발은 장식과 치장으로 사람의 마음을 한눈에 사로잡으려는 여느 민족의 미의식과는 다르다. 외형적으로 눈길을 끌려는 게 아니라 마음의 대화를 나누기 위한 것이다. 장식적인 면을 강조하기보단 항상 깨끗한 상태로 비어 놓으려 했다. 다른 민족이 원색을 사용해 육감적이고 자극적인 효과를 얻으려 했다면 우리는 그 반대였다. 고려 5백 년간은 청색을, 조선 5백 년간은 백색의 추구와 탐구에 매달렸다. 한 빛깔에 탐닉하여 5백 년씩이나 심혈을 쏟은 일은 다른 민족에게선 찾을 수 없는 특이한 경우다.

고려청자의 빛깔은 고려의 맑은 가을 하늘을 닮았다. 티끌 한 점 묻지 않은 투명하고 깊은 가을 하늘은 영혼을 향기롭게 만든다. 맑은 하늘을 바라보면 영혼이 저절로 하늘로 비상한다. 조선백자엔

맛 멋 흥 한국에 취하다

달빛의 마음과 눈이 내린 뒤의 모습처럼 깨끗한 순백의 세계가 담겨 있다. 바라볼수록 싫증은커녕 달빛이 넘치고, 마음속에서 피리 소리가 들려오는 듯하다. 고려청자와 조선백자는 우리 겨레가 5백 년씩을 몰두하여 얻어낸 생명과 영원의 빛깔이다. 깨달음의 빛깔을 탐구한 것이며, 영원을 갈구하고 그 속에 들기를 염원했다.

어디 이뿐이랴. 조선시대 서민들의 생활도자기였던 막사발에도 독특한 미의식이 담겨 있다. 막 주물러서 만든 것처럼 외면은 텁텁하고 울퉁불퉁하며 거무칙칙해 보이지만 구수하고 깊은 데가 있으며 그윽하고 심오한 내면이 있다. 차를 따르면 빛깔이 변하고 그릇이 숨을 쉰다. 차를 머금은 찻사발의 온기와 표정이 미소를 띠며 무한의 세계로 끌어들이는 매력이 있다. 그래서 혼자 차를 마셔도 외롭지 않다. 찻사발로 교감하고 온기를 나누는 것만으로도 열려 있는 마음을 나눌 수 있다.

다구가 있는 실내엔 촛불을 켜두는 것이 좋다. 촛불은 전등과 달리 자신을 태우며 빛을 낸다. 촛불이 선 자리는 우주의 중심이 된다. 한 잔의 차와 한 자루의 촛불은 우리를 명상의 세계로 안내한다. 차는 음료이기도 하지만 마음의 대화를 나누게 하는 매개체이기도 하다. 찻잔이 하나의 귀한 벗인 양 느껴지기도 한다. 차인들이 여행을 떠날 때 애용하는 찻잔을 먼저 챙기는 것은 당연한 일이다.

다구가 있는 실내는 차를 비롯해 다포, 방석, 다상, 다식 등이 준비돼 있다. 한지를 붙인 방 문엔 맑은 매화 빛이 어리고, 촛불은 홀로 떨고 있다. 황토 물을 들인 다포엔 선시(禪詩)나 다시(茶詩)를 새긴다. 수를 놓은 꽃방석이 놓이고, 오래 묵은 느티나무로 만든 다상(茶床)이 앉혀진다. 다구는 어느 것이나 정겹고 정결하다. 시장에서 대량생산된 것이 아닌, 정성을 다해 마음과 운치에 맞도록 만든 것이다. 다구는 마음의 꽃이요, 그리움을 위해 열어둔 문이다.

현대인들은 정신을 차릴 수 없을 만큼 바쁘게 살고 있다. 어떤 삶과 인생이 가치 있는 것인가를 고민할 틈도 없다. 하지만 이러한 삶으로 인생을 흘려보내는 것은 얼마나 허망한 일인가.

집 안 한 공간에 다구를 마련하는 것은 인생의 여유이자 멋이며, 아름다운 세계로의 초대다. 인생의 의미와 가치를 꽃피우고 가꾸는 일이다. 다구가 있는 풍경에는 평화와 슬기, 그리고 아름다움이 숨 쉬고 있다.

마음을 주고받는 그릇,
백자 제기

　　내 책상 위에는 백자(白磁) 제기(祭器)가 하나 있다. 그것을 보고 있노라면 필시 몇 백 년 달빛이 머물고 있는 것 같다. 늘 비어 있는 제기를 보면서 무엇을 올려놓을까 고민하곤 했다.

　　백자 제기는 밑받침과 그 위에 둥근 바탕으로 이뤄진 단순한 구조지만 두 손을 받들어 공손히 떠받치는 형상을 하고 있다. 자기는 흙을 빚어 천삼백 도 정도의 온도에서 구워 내는데, 흙이 불 속에서 하나의 자기가 될 때까지 도공(陶工)은 자신의 영혼과 재능을 불에 태운다. 달빛을 보듯, 한 그릇의 정화수를 대하듯 부드럽고 고요한 백자의 빛깔을 불 속에서 완성하는 일은 재주만으로는 될 수 없다. 더구나 하늘과 영령을 위한 제기를 만드는 일은 더더욱 함부로 할 수 없다. 정성을 다해 형태를 빚고, 희고 깨끗한 빛깔을 담아내려 혼신을 다했을 것이다.

언젠가 지리산에서 푸른 솔방울 두 개를 따온 적이 있다. 어디에 둘까 망설이다 무심결에 백자 제기 위에 올려놓았다. 투명한 달빛 속 청산(靑山)이 놓인 듯했다. 솔방울의 초록이 넘쳐 짙은 산 향기가 배어나는 듯했다. 솔방울 속에 깃든 형형색색의 초록이 펼쳐져 숲이 된다. 솔바람 소리를 내기도 하고, 새소리로 넘쳐 나기도 한다. 솔방울 속엔 지리산 송림(松林)의 짙은 녹음과 뾰족뾰족 바늘잎이 빚어내는 솔향기가 담겨 있다. 긴 밤, 바늘 하나로 모란도(牧丹圖)를 수놓기도 하는데 송림의 소나무들은 수많은 바늘로 무슨 수를 놓는 걸까. 소나무들은 느긋하고 무심한 표정이다.

가을 날, 백자 제기 위에 모과 한 개를 얹어 본다. 농장을 경영하는 친구가 술을 빚으라고 해마다 몇 개씩 보내주는 것이다. 뭉툭하게 굴곡 진 모과에선 잘 닦은 놋그릇의 광택처럼 환한 가을빛이 넘쳐난다. 흙으로 주물러 빚은 듯 움푹 패이고 툭 튀어나온 굴곡에 음영이 깃들어 그 빛과 향이 더욱 꿈틀거린다. 모과가 제 빛깔과 향기를 내기 전까진 아무도 그것을 눈여겨보지 않았을 것이다. 인생도 굴곡과 음영이 있어야만 깊은 향기를 낼 수 있다. 백자 제기는 눈부시지 않은 바탕에 은은한 그리움을 품고, 모과는 빛깔 중에서 가장 좋은 광채를 띤다. 백자와 모과의 만남은 가을의 깊은 환희를 보여준다.

맛 멋 흥 한국에 취하다

석류 한두 개를 올려놓아도 좋다. 어릴 적 우리 집 마당에 있던 석류나무는 입 안이 시려오는 가을 보석을 선물해 줬다. 막 터질 듯한 열매 주머니 속에서 붉은 빛을 머금은 진주알들이 데굴데굴 굴러 떨어질 것만 같았다. 그것은 석류나무가 삶의 진실과 깨달음으로 남겨 놓은 사리(舍利)다.

백자 제기 위에 풀꽃을 올려 본다. 풀꽃은 치장하지 않아서 좋다. 수수하고 담백하다. 맑아서 눈물이 비칠 듯하다. 구름 한 점 없는 하늘빛이다. 번쩍거리거나 자극적이지 않아서 좋다. 평온과 고요를 지녔다. 바라볼수록 삼삼하기만 하다.

제기에 무엇을 올려야 좋을까. 마음이 담기면 되지 않을까. 내 책상 위의 백자 제기는 비어 있을 때가 많다. 백자 제기는 내게 제사 용구가 아니다. 말 없이 주고받는 대화자이자 말벗이다. 무언가를 담기보다는 마음을 주고받을 수 있어 편안하다. 그렇다, 백자 제기는 그냥 바라보는 것만으로도 좋다. 내 마음속에도 백자 제기처럼 정갈한 그릇 하나를 마련해 두고 싶다. 아름다운 만남을 위해 마음의 그릇을 깨끗이 비워 두련다.

기막힌 조화의 극치,
백자와 홍매

내가 자주 들르는 P화랑 한 구석 사방탁자 위엔 목이 긴 조선 백자 병이 하나 놓여 있다. 화랑에 들를 때마다 무심결에 그 병에 눈이 머물곤 했다. 그 담담한 빛깔과 태깔을 바라보고 있으면 목에서부터 미끄러져 내려온 곡선과 마주친다. 모르긴 해도 달빛을 담아 둔 그릇 같다. 볼수록 은은하고 마음이 비칠 듯하다.

어느 날 보니 이 백자 병에 홍매(紅梅)가 꽂혀 있는 것이 아닌가. 화랑 여주인 S여사의 솜씨였다. 목이 긴 조선 백자의 미끄러지는 곡선미와 쭉쭉 뻗은 가지에 점점이 맺힌 붉은 꽃망울.

백자와 홍매의 만남이야말로 기막힌 조화의 극치이며 대화다. 할 말을 잊은 채 마음으로 주고받는 대화는 어떤 말일까. 서로 은밀한 얘기로 매화 가지에 물이 오를 때 백자는 그윽한 달빛이 되어

맛 멋 흥 한국에 취하다

피리 소리를 띠고 있는 것일까.

꽃병은 꽃을 꽂는 그릇이지만 마음을 담아 두는 그릇이기도 하다. 담는 이에 따라 병도 다르고 꽃도 다르다. 꽃을 꽂는 위치도 달라진다.

조선 백자 병이 사방탁자 위에 올려져 있을 때, 백자 병에 홍매가 꽂혀 있을 때, 시간과 공간의 만남, 그리고 그 의미와 멋은 달라진다. 이런 멋의 깊이는 그냥 얻어지는 것이 아니다. 오랫동안 백자와 마음으로 대화를 나눠 정이 들 대로 들어야 그 맛을 터득할 수 있다.

'백자를 어느 공간, 어디에 놓아두어야 할까'를 깨닫는 데도 오랜 세월이 걸린다. 백자에 어떤 꽃을 꽂을 것인가를 결정하는 문제는 재능과 솜씨가 필요한 일이 아닐 수 없다. 우선 병이건 항아리건 꽃을 꽂을 그릇을 몰라선 안 된다. 오랫동안 항아리를 쳐다보며 어떤 꽃을 꽂을지를 생각하는 것 자체가 미(美)의 경지다. 그리고 드디어 매화가 피었을 때, 나무 밑에서 어떤 가지를 꺾을 것인가를 생각하는 것은 선(禪)의 경지다.

매화나무 아래선 무슨 생각을 할까. 한 송이 매화가 맺히기까지의 전 과정을 생각하면서 백자 항아리의 흰 곡선을 떠올릴 것이다. 아무 가지나 꺾는 법이 아니다. 나뭇가지 밑에서 조용히 바라보면서 생각해 둔 것, 마음에 드는 가지 하나를 꺾어 항아리에 담으면 된다. 눈에 거슬리는 두세 가지를 잘라 내고 꽂으면 그만이다. 그냥 그거면 족하다. 소탈하게 툭 던져 담아 두면 될 것이다. 어떤 기교나 방법도 필요하지 않다. 백자 항아리를 그냥 두고 바라만 보아도 아름다운데 꽃을 담았으니 어찌 아름답지 않을 수 있으랴.

어렸을 적, 어머니께선 안방 탁자 위에 흰 책보를 펴고 그 위 백자 항아리에 복사꽃이나 살구꽃을 꽂아 두셨다. 항아리에 물을 넣을 때도 옥양목 책보에 물방울이 떨어지지 않도록 정성을 들이셨다. 그렇게 며칠이 지나면 책보 위에 꽃잎이 떨어졌다. 어머니는 떨어진 꽃잎을 책보에 싸서는 밖으로 나가 조용히 그것을 털고 오셨다. 어머님의 주름진 얼굴을 대하면, 지금도 흰 책보 위에 단정히 놓여 있던 백자 항아리와 복사꽃이 떠오르며 향긋한 꽃내음이 느껴진다.

요즘은 꽃꽂이를 수반에 하는 경우가 많다. 꽃꽂이에 대한 책도 많고 강습회도 자주 열린다. 그런데 현대의 꽃꽂이는 자연미보다 기교적인 조형미에 치중하는 감이 없지 않다. 이쪽 가지가 이렇게 뻗었으니 저쪽 가지는 요렇게 뻗어야 한다는 식의 공식적인 기교

맛 멋 흥 한국에 취하다

에 얽매여 있다. 겉모양은 그럴 듯하나 깊고 고요한 맛이 우러나지 않는다. 형식적인 미는 있지만 마음이 담겨 있지 않다. 어쩌면 수필을 쓰는 법도 꽃을 꽂는 법과 비슷하지 않을까 싶다. 수필이라는 문학 형식이 꽃을 꽂는 그릇이라면 어떤 꽃을 꽂느냐에 따라 글이 품은 느낌이 달라진다.

겨우내 매화가 피기를 기다리며 항아리에 물을 채워 두는 마음, 매화나무 아래서 어떤 가지를 꺾을 것인지 곰곰이 생각하는 마음이 수필을 쓸 수 있는 경지가 아닐까 싶다. 그리고 그중 하나의 가지를 툭 꺾어 항아리에 던져 담은 멋이야말로 수필을 쓰는 비법이 아닐까 싶다. 노력도 없이 단숨에 멋들어진 꽃꽂이 솜씨를 보이려는 생각은 무모하다. 홍매 하나만으로도 만족해야 할진대 장미, 라일락, 튤립, 안개꽃 등 보이는 대로 욕심을 부려 왔지 않나 싶다.

항아리에 꽃을 꽂는 법을 터득하려면 먼저 마음을 맑게 닦아 달빛이 쌓일 수 있는 깊이와 백자의 담담한 선미(禪美)를 알아야 한다. 누구나 항아리에 꽃을 꽂을 수 있는 것처럼 수필도 누구나 쓸수는 있다. 그러나 하나의 백자 항아리가 지니는 미의 세계에 도달하고, 여기에 어울리는 꽃을 꽂는 일은 어려운 일인 만큼 마음이 담긴 글을 쓰는 것 역시 어려운 일일 수밖에 없다.

한 번은 P화랑의 사방탁자 위 백자 병의 매화를 바라보며 한숨을 내쉰 적이 있다. 홍매는 가엾게도 꽃잎이 떨어지고 있었다. 잠깐 피었다 지는 매화와 죽지 않는 생명을 지닌 백자가 이처럼 기막히게 어울릴 수 있는 까닭은 무엇일까. 백자는 홍매와 만나 더 우아하고 향기로운 생명을 잉태할 수 있었고, 홍매 역시 백자를 만나 그 자태를 아낌없이 드러낼 수 있었기 때문은 아닐까.

백자와 홍매의 만남은 인연이다. 항아리는 항아리대로, 홍매는 홍매대로 눈을 감고 조용히 만남을 기다릴 줄 알았기에 인연이 되었을 것이다. 나도 백자 항아리의 홍매와 같은 수필을 써 보고 싶다.

고려인의 마음,
고려청자 접시

     고려청자 접시는 수수한 풀꽃 같다. 접시를 볼 때마다 그
것을 선물한 서인숙 여사와의 인연을 생각한다. 수필가이자 시인
으로 40여 년 간을 지내온 사이로, 나이와는 무관하게 '미스 서'라
는 호칭을 사용하는 나에게 수줍은 웃음을 보이는 분이다.

     어느 날, 서 여사의 점심 초청을 받고 식당으로 갔다. 서 여사가
먼저 자리를 잡고 있었다. 서 여사는 "아무도 없어서 잘됐다"며 신
문지로 아무렇지 않게 둘둘 싼 것을 건넸다. 신문지를 풀어 보니
청자 접시가 들어 있고, 그 안에는 노란 색종이에 만년필로 쓴 쪽
지가 있었다.

     정목일 선생님
     여기 고려청자 접시를 선물합니다.

별로 아름답지 않으나

8백 년 세월을 지녔다는 의미도 중요합니다.

그래도 양각의 문양이 있어 좋습니다.

_ 서인숙 드림

나는 그녀가 건넨 선물과 짧은 편지를 보며 서 여사를 향해 고마움의 인사를 드렸다. 티끌 하나 묻지 않은 고려의 맑은 하늘과 국화 향이 풍기는 상감청자의 청초하고 고결한 미의식이 조금도 느껴지지 않는 접시였다. 고려청자 접시 중에 이렇게 소박하고 치졸한 것도 있었단 말인가. 색깔이 선명하지도 않을 뿐더러 칙칙하고 어두워 구름 낀 날처럼 보이는 데다 양각(陽刻)의 국화 문양도 뚜렷하지 않다. 청자 빛이긴 하되 맑고 고요하지 못하다. 매끄럽고 단아하지도 않다. 다만 소탈하여 구수하다. 질박하지만 그윽함을 지니고 있어 푸근하고, 맵시를 내지 않아 더욱 정이 든다.

만약 국보급 문화재이거나 상급의 청자라면 감히 내가 받을 선물이 될 수 없을 터이다. 그랬더라면 한사코 손을 저어 받기를 거부하였으리라. 그런데 나는 이 고려청자 접시를 보고 단번에 마음이 편안해져 환한 웃음을 지었다. 평생에 한 번 고려청자 접시를 선물 받는 기쁨에 가슴이 벅찼다. 서 여사가 신문지로 아무렇지 않게 둘둘 싸 내놓은 것은 뜻밖이지만 도자기에 대한 나의 사랑을 일찍부터 알고 있었기에 그 마음을 내놓은 듯하다.

맛 멋 흥 한국에 취하다

내 선친은 진주 지방에서 꽤나 알려진 골동품 수집가였다. 어릴 적부터 고미술품을 보며 자란 덕분에 골동품을 보면 애틋한 감상에 젖곤 한다. 하지만 아버지가 돌아가시며 가세가 기운 탓에 선친이 남긴 골동품을 모두 처분하지 않을 수 없었다.

서 여사는 1970년대에 마산 창동에서 '백자화랑'을 개업한 골동품 수집가이기도 했다. 백자화랑은 한 달에 한 번씩 '시 낭송회'가 열리는 문화의 명소이기도 했다. 나는 시간이 있을 적에 서 여사가 수집한 고려청자, 조선백자를 구경하길 청하곤 했다. 네 번인가 자택에 구경을 간 적이 있지만 정작 진품은 내놓지 않은 듯해서 애를 태우곤 했다.

꾸미거나 치장하지 않은 수더분한 청자 접시 하나. 아마도 가마에서 꺼낸 것들 중에서도 시원찮은 것에 속하는 것일 게다. 색깔은 좀 탁하지만 바닥 한가운데에 원을 그려 넣고 국화 한 송이와 잎을 양각해 놓았다. 하지만 섬세하고 정교한 데라곤 없고 희미하여 추상적인 문양처럼 보이기까지 한다. 하지만 나는 이 청자 접시에서 8백 년 전 고려인의 마음을 보았다. 그것은 하늘에 바치는 국화와 향기였다. 구름 한 점 없는 가을 하늘같은 고려인의 마음이었다. 박물관에 있는 국보급 청자를 보고 찬탄을 발하던 심정과는 달리 이 청자 접시를 보고는 은근히 마음이 놓였다. 고결하거나 청아하지 않아서, 고차원의 미학이 아니라서 마음이 더 가는 것을 느꼈다.

완벽이라 할 만한 기막힌 솜씨, 신과 견주기라도 할 듯 더 이상의 완성을 바랄 수 없는 걸작 앞에선 눈을 동그랗게 뜨고 입을 벌리고 말 뿐이다. 하지만 이 고려청자 접시 앞에서 외로움과 슬픔의 맛까지 느껴져서 동정과 연민의 정감까지 닿았다. 고려청자 그릇에서 이런 정감을 느끼긴 처음이다. 무덤 속 부장품으로 묻혔다가 출토된 것일까, 아니면 중산층을 위해 생산된 청자 접시일까. 청자 접시의 둥근 테가 물레로 돌려낸 것 같지 않고 손으로 빚어낸 듯 둥그스름한 선형이 더 다정스럽다. 궁중이나 양반층에서 사용하던 고급 청자를 생산하던 관요(官窯)의 제품이 아닌 민요(民窯)에서 제작된 것일 듯하다.

평생에 처음으로 선물 받은 고려청자 접시. 고려청자를 좋아하지만 평생 한 점도 간직할 수 없는 내 형편을 알고 있기에 신문지에 둘둘 말린 채 나에게로 온 것이다. 편지 또한 간단명료하지만 많은 상념을 거친 끝에 쓰여진 것임이 느껴진다. 이 청자 접시는 어느 부분에서도 흠이라곤 찾아볼 수 없다. 잘나진 않았어도 이가 빠지거나 비뚤어진 곳이 없음이 다행스럽다. 8백 년이 지나도록 온전한 모습을 지닐 수 있었음은 이 그릇의 음덕일 것이다.

나는 지금도 한가한 시간이면 이 고려청자 접시를 꺼내 바라본다. 그리곤 마치 이것이 8백 년간 홀로 숨 쉬며 생각을 가다듬어온 한 생명체처럼 느껴져 말없는 대화를 나누곤 한다. 세상에서 최고, 최상의 도자기가 되기까지 도공들은 이런 치졸해 보이는 형태와 색채를 얼마나 많이 빚어내고 또 빚어냈을까. 미완(未完)과 미숙(未熟)의 수없는 반복 끝에 세계 제일의 고려청자가 완성되고 성숙된 것이 아니겠는가.

　팔순의 서 여사가 선물한 고려청자 접시에 나는 무엇을 담아 놓을까.

독특한 발상의 미의식,
나전칠기

나전칠기나 목공예를 장식하는 문양에는 한국인의 마음이 담겨 있다. 그것은 우리가 염원하는 행복한 삶의 모습이다. 주로 소나무나 당초, 국화, 매화 등과 장수를 바라는 십장생(十長生)이 등장한다. 인간이 누리고 싶어 하는 부귀영화의 세계다. 행복의 요소는 민족이 지닌 인생관에 따라 약간의 차이가 있을 수 있지만 대부분 장수, 부귀, 건강, 행복이 그 바탕을 이룬다.

1974년 아내가 결혼 예물로 가져온 통영 나전칠기 3층 농을 아직도 보관하고 있다. 20여 년이 지난 어느 날, 아내가 불쑥 자리만 차지할 뿐 이 농은 시대에 뒤떨어진 고물이 되어 가져갈 사람도 없을 테니 버리자고 했다. 그때 나는 "우리 집 보물은 이것밖에 없다."며 손을 내저었다. 결국 통영 나전칠기 방에 보내 부셔진 곳을 수선하여 다시 방에 들여 놓았다.

우리나라 공예품과 미술품을 통틀어 나전칠기만큼 화려하고 빛나는 것이 어디 있으랴. 예술의 깊이와 세계를 말하는 게 아니다. 한국의 미는 눈에 번쩍 띄게 화려하거나 장식적이거나 찬란하지 않다. 소박하고 수수함 속에 깊은 맛과 경지를 보여준다. 담백하고 조촐하지만 마음을 끌어당기는 은근미가 있다. 속 깊은 멋과 맛을 간직하고 있다. 과장, 사치, 수식을 버리고 본질의 추구에 닿아 있다. 그래서 단번에 눈을 끌어 당기지 않는다. 하지만 볼수록 깊어지고 삼삼하게 와 닿아 마음을 사로잡는다. 마음을 위무하고 자연의 향기를 맡게 한다.

그런데 한국의 문화재 가운데 나전칠기만은 유별나게 화려하다. 공예품 중에서도 섬세한 조형 감각을 유감없이 발현해 놓았다. 나전칠기는 조개껍데기의 안쪽 부분을 떼어내 나무에다 그림이나 문양에 붙여 만든 공예품이다. 산의 나라이자 국토의 삼면(三面)이 바다로 둘러싸인 우리나라의 자연환경이 피어낸 공예의 꽃이다. 진주 빛을 머금은 조개나 전복 껍데기를 그냥 버리지 않고 공예품으로 꽃피워 놓은 만큼 다른 민족의 공예품에선 찾아보기 힘든 독특한 발상의 미의식을 보여준다.

중국의 역사서를 보면 한(漢)대에도 칠기가 있었다는 기록이 나온다. 한국에서는 낙랑고분에서 칠기가 출토되었고, 이전부터 있었다고 추정되고 있다. 고려시대 나전칠기는 세련된 귀족문화와 함께 발전하여 조선시대로 이어지면서 새와 사군자, 산수화 모양으로 점차 변천했다.

　우리 집 나전칠기 농은 고급품이 아니다. 가끔 빈 방에 놓인 나전칠기 농을 바라보며 감상에 잠길 때가 있다. 너비 220cm, 길이 194cm, 폭 63cm. 두 칸짜리 큰 농의 왼쪽은 이불장, 오른쪽은 옷장으로 사용하고 있다. 제일 위쪽엔 희자문(囍字紋)과 국화문(菊花紋)이 연속으로 장식되어 있고, 그 아래는 네모 안에 둥근 선을 치고 구름을 드리운 소나무 속에 학 두 마리가 위아래서 마주 보며 내려앉는 모습이 새겨져 있다. 선경(仙境)의 세계다. 중간 부분엔 흰 구름 두 장이 떠 있고, 구름 위로 치솟은 청산의 봉우리로 두 마리 학이 양쪽에서 날아든다. 아래쪽엔 송림으로 한 마리 학이 내려앉고 또 한 마리는 날개를 펼치고 있는데, 그 내려다보는 곳에 새끼 네 마리가 주둥이를 치켜 빼고 어미를 맞고 있다.

　여기에 표현된 세계는 선계(仙界)이거나 이상향(理想鄉)이다. 국화와 소나무가 있고, 학 두 마리가 등장한다. 말할 것도 없이 한 쌍의 부부일 것이고, 청산(靑山)은 한국인이 염원하는 유토피아이리라. 송림은 청정의 공간을 의미하며, 네 마리의 새끼 학이 있는 둥우리는 가정을 의미한다. 한국인이 꿈꾸며 살고 싶어 하는 이상향의 모습이다.

오래된 혼수인 나전칠기 농을 버리지 않고 혼자서 바라보는 것은 그때나 지금이나 한국인이 마음에 둔 삶의 행복, 그 구성 요건을 음미해 보고 싶기 때문이다. 능란한 모자이크 기법의 나전칠기로 형상화 된 한 폭의 행복도(幸福圖)를 보면 한국인의 소망이 무엇인지를 알 수 있다. 그저 바라만 보아도 그 현란한 꿈에 도취되어 신선이 된 듯한 느낌이 든다.

나전칠기의 세계는 가장 조화롭고 이상적인 세계이자 염원의 공간이다. 인간이 가질 수 없는 꿈의 세계, 하지만 그것을 바라보는 것만으로도 마음이 밝아지고 영원의 세계로 인도되는 듯한 행복을 맛볼 수 있다. 어느새 이 몸은 청산 속에 있고, 구름을 타고 어디서 학이 날아올 듯하다.

마음 연마의 표정,
백자의 태깔

　　가끔 박물관에 가서 백자 항아리나 달빛 항아리를 보고는
달빛에 도취돼 마음속으로 들려오는 피리 소리를 듣곤 했다.

　　백자는 화려하거나 눈부시지 않다. 담담하고 수수하다. 대낮의
햇빛이 아니라 한밤중의 달빛이다. 창호지를 바른 문에 투영된 여
명(黎明)의 빛깔, 깊은 산중 한옥 마당에 내려온 달빛이다. 눈부시
지 않게 점점 깊어지는 빛깔이다. 달빛 속처럼 텅 비어 있어 섭섭
하기도 하고, 누군가 그 여백 속으로 걸어올 듯싶어 기다려지기도
한다.

　　백자는 마음의 정화(淨化)가 아닐까 싶다. 백설 속에서 꽃망울을
피운 매화의 빛깔, 근심을 씻고 부정한 생각을 지우고 마음의 등불
을 켠 백목련의 빛깔일 듯싶다. 한 점 탐욕도 없이 거짓이나 부정

　　　　　　　　　　　　　　맛 멋 흥 한국에 취하다

으로부터 벗어난 무욕(無慾)의 마음이 아닐까 싶다. 마음에 묻은 욕망이란 때를 벗겨내고, 성냄이란 얼룩을 지우고, 어리석음이란 먼지를 털어낼 수 있을까. 마음속 샘에서 분수를 뿜어내 언제나 청결과 순백의 마음을 지닐 수 있을까. 마음 바탕에 평온과 순리의 미소를 띨 수 있을까. 어떤 유혹과 난관 앞에서도 결백과 순수를 지킬 수 있을까.

백자의 태깔은 마음 연마(研磨)의 표정이다. 한 점 티끌이나 먼지도 묻지 않은 결백의 삶을 추구한 기구이고 지극 정성의 빛깔이다. 백자 그릇이나 항아리에는 오직 달빛만 충만할 뿐 늘 비어 있어서 한쪽에다 난초나 국화 한 송이를 피워놓기도 한다. 고요와 공허 속에 난초나 국화 향기를 띄워 맑은 그리움과 만나게 한다.

민족마다 도자기에 삼원색을 비롯한 유채색으로 온갖 미의식을 펼쳐냈거늘 우리 민족은 어째서 조선 5백 년간 백자(白瓷)만 빚어온 것일까. 순백색을 향한 끝없는 탐구는 마음을 닦는 구도 행위였다. 우리 민족은 생명의 근원의 빛깔로 백색을 찾아낸 것이며, 그것이 깨달음의 빛깔임을 터득한 것이다. 만 년 명상을 담고 있는 영원의 빛깔, 바라보는 것만으로도 마음이 열리고 맑아지는 순백의 세계가 백자에 담겨 있다.

백자의 태깔은 명상의 끝, 고요의 끝에 닿아 있다. 마음의 선(善)에 있고, 텅 빈 허공에 있다. 마음을 비워야 한계가 없어지고, 한계가 없어져야 마음에 새가 노래하고 달빛이 내릴 수 있다. 정결한 마음에 깃든 고요와 평온. 백자는 빛이되 번쩍거리지 않고 은근하게, 마음이되 드러나지 않고 편안하게, 눈짓이되 부시지 않고 그윽하다. 흰옷을 입고 순백의 탐구에 5백 년을 매달린 것은 영원의 마음을 얻고 싶었기 때문이리라.

백자는 순수한 세계를 꿈꿔온 민족의 마음 그릇이다. 백자는 도자기로 구현한 깨달음의 꽃이다. 순백은 순치의 색이요, 우주 근원의 색이 아닐까. 그들은 그렇게 흰 옷을 입고 백자를 보며 세상을 살다 갔다. 그래서 백자를 보면 영원 추구를 통해 체득한 깨달음의 빛깔이요, 진리의 빛깔임을 느낀다. 우리 민족이 빚어낸 5백 년 흰빛을 보면 얼마나 깊고 정결한 마음의 경지를 얻었는지 알 듯하다.

백자를 보면서 영원의 빛깔을 생각한다. 마음의 안식을 가져다 주는 구원의 빛깔을 생각한다. 5백 년간 백자를 탐구하고 그 빛깔에 도취했던 민족이 있었음을 잊지 말아야 한다. 이보다 깊은 영원의 추구가 어디 있을 것인가, 이보다 맑은 순수의 탐구가 또 어디 있을까.

백자는 우리 민족이 남긴 영원의 마음 사리(舍利)인 듯싶다. 생활이 어렵고 전란이 있었지만 백자의 빛깔 속에서 인정을 나누고 참되게 살아가려 했던 겨레의 마음과 모습이 보인다. 백자를 바라보는 것만으로 마음에 달빛이 쌓이고, 소리 없이 흰 눈이 내리는 듯하다. 마음에 묻은 티끌이 지워지고 근심이 사라진다. 저절로 맑고 깊어져 담백해진다. 어디서 난향과 국화향이 풍겨오는 듯하다.

근엄한 기상 속 소나무의 따뜻함,
여수 진남관

여수(麗水)는 한반도 남해안에 있는 빛나는 보석과 같은 항구 도시다. 이름 그대로 유려한 바다를 가진 풍광이 빼어난 미항(美港)이다. 세계 4대 미항으로도 손색이 없다. 기회가 있을 적마다 가보고 싶은 곳이다.

다도해를 눈 앞에 둔 여수는 앞으로 세계인들이 즐겨 찾는 휴양지이자 관광지가 될 것이다. 여수의 인상을 꼽으라면 조선시대 건축물인 진남관(鎭南館)이 가장 먼저 떠오른다. 우리나라 최대의 목조 건물인 진남관은 임진왜란 당시 좌도수군 통제령이 있던 곳으로, 왜군을 물리친 상징적인 건축물이다. 전라좌수영이 있던 자리이자 한때는 객사로, 일제 땐 학교 건물로 사용되기도 했으며, 지금은 문화재적 가치가 높아 국보로 승격된 건물이다.

여수 진남관 앞에 서면 430년이 지난 지금에도 이 건물을 건축할 당시의 모습이 떠오른다. 마음 한편으론 어른 팔로 한 아름이나 되는 목재들을 어디서 구해 조달했을까 하는 궁금증을 참을 수 없다. 붉은 칠을 한 기둥의 색깔은 더러 퇴색되고 비바람에 씻겨 희미해졌지만 올곧게 든든하게 제자리를 지키고 있다. 기둥 역시 위아래로 갈라진 틈과 선이 보이긴 하지만 늠름한 모습으로 육중한 기와지붕을 수백 년간 받치고 있다. 기와지붕은 넓다랗게 봉황새가 날개를 펼친 듯 우아한 선형으로 뻗어나 있다. 기둥마다 놓인 주춧돌도 반석을 골라 안정감을 준다. 통제령이어서 근엄한 기상이 서려 있으면서도 목조 건축물이 주는 다감하고 온화한 느낌이 목리문(木理紋)을 타고 흘러온다. 그러면서도 기둥의 붉은 빛깔이 단심(丹心)을 나타내는 듯 피가 끓어오름을 느끼게 한다.

옛 자취를 품은 목조건물이지만 임진왜란 당시에는 동북아 지역 전쟁의 회오리 속 가장 중심에 있었다. 이순신 장군은 이곳에 본영을 두고 임진왜란을 수습하는 데 모든 힘을 동원해 작전수행에 골몰하였을 것이다. 어쩌면 이곳에 서서 군사들의 열병식을 바라보기도 하고, 작전계획을 수립하고, 밤이면 난중일기를 쓰지 않았을까.

여수는 거북의 명당터라고 한다. 전설로 전해지는 아홉 개의 거북이 바다를 만나는 곳으로, 거북이 재물을 계속해서 토해내는 명당터라는 것이다. 이순신 장군은 이 아홉 거북이에서 영감을 얻어 거북선을 주조했다. 바다를 제대로 모른 채 우국충정 하나만으로 전라좌수사의 임무를 띠고 부임해 와 여수라는 지형에서 거북의 신성한 기운을 감지하여 여수에서 거북선을 만들기 시작했다.

거북선과 진남관의 목재는 둘 다 소나무다. 소나무 중에서도 수백 년을 산 나무가 아니면 좋은 목재가 되지 못한다. 여수의 금오도와 고돌산은 우리나라에서 유명한 소나무산으로 관리되던 곳이다. 금오도에서 베어낸 소나무를 묶어 뗏목으로 만들어 물때를 맞추어 바다에 띄어 놓으면 소나무가 저절로 파도에 밀려와 좌수영성 앞바다에 닿았다. 거북선과 진남관은 여수의 이름 난 소나무들로 만든 걸작이다. 진남관의 기둥과 마루를 보면 수백 년 넘은 소나무들이 일정한 간격으로 줄지어 서 있는 모습이 겹친다. 청청한 나뭇가지와 송진을 품고 있는 곧은 소나무가 진남관이 되고 거북선이 되어 임진왜란을 이겨내고 국가의 자존심을 높였다.

잘 자란 우람한 소나무에서는 기상과 기백이 느껴진다. 기둥과 마루에 굽이치는 연륜만큼이나 많은 목리문으로 자신의 일생을 수놓았을 소나무의 흔적을 느껴본다.

맛 멋 흥 한국에 취하다

진남관은 문화재적인 가치뿐만 아니라, 우리나라 소나무의 미와 임진왜란을 극복한 상징적인 건축물로 기억되어야 할 민족의 유산이다. 진남관을 바라보면 거북선 위에서 들려오는 북소리와 함께 여수 앞바다가 눈앞에 펼쳐진다.

하늘에 전하는 마음,
한옥 지붕

　　한옥마을이나 농촌에 가면 무심결에 기와집 지붕에 눈길
이 간다. 땅에선 잘 보이지 않는 연꽃 와당(瓦當)을 기와지붕에 올
려놓은 건 무슨 이유일까 싶어서다. 은은한 연꽃 향기를 날려 보내
고 싶은 마음은 아니었을까. 비 오는 날의 연꽃은 더 청신하고, 바
람 부는 날의 연꽃은 하늘에 향기를 날려 보내는 듯하다.

　　기와집을 짓지 못한 사람들은 초가지붕 위에 박꽃이나 호박꽃을
피워 놓는다. 봄이면 박이나 호박 넝쿨을 지붕에 올려 꽃을 피운다.
연꽃 와당 대신 황금빛 호박꽃이나 은빛 박꽃을 바치는 마음의 공
양이다. 호박꽃은 하늘의 별이 내려온 듯하고, 박꽃은 달이 빛을 뿜
어내는 듯하다. 별과 달이 마음을 알고 빛을 내준 듯하다. 이슬 머
금은 풀꽃처럼 살고 싶었던 사람들의 마음이 호박꽃과 박꽃을 초
가지붕 위에 피워 놓았다.

　　　　　　　　　　　　　　맛 멋 흥 한국에 취하다

지붕은 집의 표정인 까닭에 하늘에 마음을 전하고 있다. 하늘의 음성을 들을 줄 아는 마음의 귀를 달아놓은 것이 사찰의 풍경(風磬)이다.

"뎅그랑~ 뎅그랑~"

하늘과 교감하는 낭랑한 풍경소리.

서양의 교회당 지붕 위엔 종각이 있고, 십자가가 달려 있다. 찬미의 종을 울려 하늘에 닿게 하고, 십자가를 통해 구원을 바란다. 동양의 궁전 지붕엔 용(龍) 문양의 수막새 기와나 당초 문양의 암막새 기와가 있다. 지붕은 하늘, 영원과 통하는 대화의 문이다. 시공을 초월하여 영원으로 열린 마음의 공간이다.

국립경주박물관엔 얼굴무늬수막새가 있다. 세상에 단 하나뿐인 수막새다. 일제 강점기였던 1934년 당시 경주에 살던 일본인 다나카 도시노부(田中敏信)라는 의사가 한 고물상에서 구입했다고 전한다. 1944년 다나카가 일본으로 돌아갈 때 가져갔으나 경주박물관 박일훈 관장(재임 1963~1973)의 노력 끝에 1972년 10월 다나카가 직접 박물관에 찾아와 기증함으로써 다시 돌아오게 되었다. 신라 7세기, 전 경주시 사정동(추정 영묘사 터)에서 출토된 것으로, 길이는 11.5cm이다. 1/3이 깨진 채 발견되었으며 신비한 미소를 띠고 있다. 고대미술에서 사람 얼굴을 표현함은 주술적인 목적이나 나쁜 것을 물리쳐 달라는 뜻을 담고 있다고 한다. 얼굴무늬 수막새는 험상궂거나 무서운 표정 대신 미소를 보이고 있는데, 나쁜 마음을 지닌 것을 달래서 돌려보내려는 의식을 담은 것이 아닐까 싶다.

지붕은 집의 표정이자 마음이다. 해, 달, 별을 만나고, 바람과 빗방울의 말을 듣는다. 지붕엔 하늘의 섭리와 자연의 이치를 받들어 평화와 안식을 취하려는 마음이 있다. 한옥의 지붕을 바라보면 저절로 눈이 하늘에 닿고, 영원과 만나고 있음을 느낀다. 마음이 포근하고 평온해져 온다.

맛 멋 흥 한국에 취하다

시가 되고 노래가 된 효,
밀양박물관 효도 병풍

　　열두 폭 병풍을 보는 순간 치솟는 눈물을 억제할 수가 없었다. 누군가의 효성에 그만 울고 말았다. 아무리 시대가 바뀌었다 한들 퇴색될 수 없는 감동이었다. 그 열두 폭 병풍은 오랜만에 깊고 맑은 샘물로 삭막하고 목마른 가슴을 적셔주었다.

　　밀양에 간 길에 잠시 틈을 내어 개관한 지 얼마 되지 않은 밀양박물관을 찾았다. 1층 기획전시실에 있는 '밀양 12경도(密陽十二景圖)'란 열두 폭 병풍 앞에 눈이 머물렀다. 오랫동안 그 앞에 서서 숨을 죽인 채 움직이지 않았다. 짜르르한 전율이 가슴에 전해 왔다.

　　'이 그림은 금시당(今是堂) 이광진(李光軫 1517~1566)의 장남 근재(槿齊) 이경홍(李慶弘 1540~1595)이 1566년(조선 명종 21년) 당시 지병으로 고생하는 부친을 위로하기 위해 그린 그림이다.'

　　'지병으로 고생하는 부친을 위로하기 위해 그린 그림'이란 부분에 눈이 머물면서 병든 아버지를 위해 병풍 그림을 그렸을 아들의 모습이 떠올랐다. 원숙한 화가의 솜씨가 아니다. 정성을 다해 완성한 그림이었다. 당시 사대부 자제들은 서예를 공부하면서 사군자 그리는 법도 배워 동양화 필법을 익히기도 했다.

산수도의 구성은 위쪽에 산봉우리를 그린 뒤 산기슭 숲속에 안긴 마을을 그리고, 중간 쪽에 마을 앞으로 흐르는 시냇물, 아래쪽엔 들판이나 모래밭 또는 강변을 그렸다. 3층 구도를 취하고, 세필 묘사로 그려낸 진경산수도다. 그림 솜씨가 빼어난 것은 아니다. 하지만 병든 아버지를 위로하기 위해 그린 그림이란 설명에서 '효도 병풍'이란 생각이 들었다.

이 그림을 본 지 두 달이 지났지만 '효도 병풍'에 대한 내력을 알고 싶어 재차 밀양박물관을 찾았다. 그림을 그린 이경홍의 부친 이광진은 학문과 효행으로 이름이 높은 학자였다. 승정원 승지의 벼슬에서 물러나 당시 향리인 밀양에 내려와 있었다. 그는 밀양의 절경을 두루 산책하는 것을 일과로 삼고 있었다. 자연 속에서 유유자적의 삶을 살아가고 있었다. 그러던 이광진이 병을 얻어 바깥출입이 자유롭지 못하게 되자 효성이 지극한 장남 경홍은 날마다 아버지를 업고 밀양의 12경을 구경시켜 드리러 다녔다. 몇 년간 아버지를 업고 지극 정성으로 절경을 찾아다녔다. 절경의 모습과 자연의 기운을 받아 아버지의 병세가 호전되길 바란 것이다. 그러나 아들 경홍의 바람과는 달리 이광진의 병세는 점점 심해져 결국 자리에 눕고 말았다. 경홍은 밀양 12경을 보여드릴 수 없게 되자 손수 밀양 12경도를 그렸다. 아버지가 누워서라도 그림을 보고 건강이 회복되길 간절히 바라면서. 밀양 12경도는 폭마다 다른 절경이 담겨 있고, 경치에 따른 한 수의 시(詩)가 짝을 이루고 있다. 아버지를 위해 아들이 그림을 그린 지 3백 년이 지나 이광진의 12대손인 이용구(李龍九)가 시를 지었다.

하룻밤 봄바람에도 생애가 자족하여 春風一夜足生涯
비에 씻긴 푸른 산은 안개를 걷어낸다 雨洗山顏碧破霞
금마문에서 돌아온 지 언제이온데 金馬歸來曾幾日
해마다 고운 진달래 잊지 않고 피우네 年年留發杜鵑花

효도병풍을 보고 감동과 회한의 눈물을 흘린 것은 내가 17세에 아버지를 여의기 전까지 단 한 번의 효행도 해본 적이 없는 불효자인 까닭이다. 하늘은 왜 단 한 번도 기회를 주지 않았을까? 슬프고 원통한 일이 아닐 수 없다.

내 가친(家親)께서 병을 얻어 방에 누운 것은 내가 고등학교 1학년이던 무렵이다. 2학년이 될 때까지였으니 약 1년을 그리 누워 계시다 가셨다. 한 번이라도 아버지를 업고 즐겨 산책하시던 촉석루를 구경시켜 드렸다면 얼마나 좋았을까. 그런 생각을 하면 가슴 한쪽이 시려온다.

밀양 12경도는 당시 밀양의 진경산수를 그렸다는 점에서 문화재적 가치를 평가받고 있다. 하지만 나에겐 현대에 찾을 수 없는 아름다운 효(孝)의 행실도를 보는 것 같아 더 벅찬 감격으로 다가온다. 밀양 12경도 속엔 아름다운 경치뿐만 아니라 부자(父子) 간의 따뜻한 정과 눈물어린 효심이 숨어 있다.

밀양에 와서 그림으로 남아 있는 효를 본다. 시가 되고 노래가 된 효를 오래도록 바라본다. 효란 단순히 은혜 갚음만은 아닐 것이다. 세월이 흐른다고 낡고 진부해질 수 없는, 늘 새롭게 흘러야 할 마음의 강물이 아닐까. 아버님께 한 번의 효도는커녕 걱정만 끼쳤던 내 모습이 떠올라 눈물을 참고 12폭 병풍을 다시 한번 바라본다.

맛 멋 흥 한국에 취하다

2

한국의
생활미학

황금빛 찬양,
가을 금관

하나.

언젠가 국립중앙박물관에서 신라 금관을 보는 순간 황금빛 나무가 떠올랐다. 박물관 유리 진열대 안에 들어 있는 신라 천 년의 유물들은 시간의 침식에 못 이겨 퀴퀴한 죽음의 냄새를 풍기며 덩그러니 놓여 있었지만 금관만은 어둠 속에서 촛불처럼 빛나고 있었다. 생명의 빛깔로 너무나 선연하게 살아 있는 그것이 신라 천 년을 말해 주는 것처럼 느껴졌다. 금관의 출자형(出子型)은 그 형태가 나뭇가지를 본뜬 것처럼 보였다. 어떤 학자는 사슴뿔을 형상화한 것이라고 하지만 나에겐 나뭇가지처럼 보였다. 그냥 나무가 아니라 새롭게 싹터서 영원 속에 가지를 뻗는 무성한 생명력의 나무로 느껴졌다.

황금빛 가지에 심엽형(心葉型) 영락이 달려 별빛처럼 눈부셨다.

황금빛 가지는 푸른 하늘을 향해 뻗어 있고, 그 가지 끝엔 심엽형 영락이 달려 영원한 노래를 뿌려주고 있었다. 순금 빛의 나무, 영원히 시들지 않을 생명의 나무야말로 신라인이 염원한 마음의 상징이 아니었을까.

신라 금관을 보는 순간 영원 속에 뿌리를 내리고 마음껏 하늘로 가지를 뻗으려 한 신라인의 마음이 금관에 피어 있음을 느꼈다. 왕조와 임금은 이미 사라지고 없지만 신라금관은 유리 진열대 속에서 심엽형의 영락을 번쩍거리며 숨 쉬고 있었다. 그 영락들이 내는 순금 빛살에 천 년 세월이 번쩍거리고 있었다.

둘.

어느 날 나는 뜻밖에도 박물관이 아닌 다른 장소에서 금관을 보았다. 황금빛 가지들을 하늘 높이 뻗친 세 개의 금관. 그것은 놀랍게도 지금껏 내가 보지 못한 살아 있는 금관이었다. 황금빛 가지가 청명한 하늘로 뻗어나가 마치 수천, 아니 수만 개의 출자형을 이루었고, 순금빛 나비형 영락을 달고 바람에 흔들리고 있었다.

하늘에 너무 맑게 열려 있어서 피리를 불면 퍼져나갈 듯한 가을이었다. 가을의 한복판에 세 그루 금관이 하늘 높이 서 있었다. 6백 년 수령의 은행나무 세 그루는 살아 있는 가을 금관이었다. 가을의 찬양이자 극치였다. 은행나무 세 그루는 그렇게 가을 금관이 되어 번쩍거리고 있었다. 지금껏 그토록 장엄하고 화려한 가을 빛깔을 본 적이 없었다.

몇 해 전 계룡산 동학사에서 만난 느티나무와의 단풍과는 또 다른 느낌이 가슴속에 물결쳐 왔다. 서녘 하늘로 막 사라지려는 놀처럼 선홍빛의 단풍은 섬짓한 아름다움으로 가슴에 남았지만 순금빛 은행나무는 황홀하고 장엄한 신비와 자비의 품마저 느끼게 해 줬다. 누가 이보다 선명히 가을의 극치를 그려 놓을 수 있단 말인가. 가을이 된다 하여 모든 은행나무가 똑같은 빛깔로 물들 수는 없을 게다. 백 년 된 나무의 단풍과 천 년 된 나무의 단풍이 어떻게 같을 수 있으랴. 그것은 금관의 극치였다.

셋.

온양에서 열린 수필문학 세미나를 마치고 인근에 있는 맹씨행단 (孟氏杏壇)을 찾기로 했다. 내가 시간을 내어 문학 세미나에 참석하는 것은 평소 글로만 익혀오던 필자들과 만날 수 있다는 기대감 때문이다. 맹씨행단은 조선시대 명재상이자 청백리로 알려진 맹사성 (孟思誠)의 고택이 있는 곳이다. 이곳엔 수백 년 자란 은행나무가 있는데 그것을 보호하기 위해 단(壇)을 쌓았다 하여 맹씨행단이라고 부른다.

맹사성의 고택을 본다는 기대도 있었지만 수백 년 자란 은행나무와 대면한다는 기대까지 합쳐져 자못 설레기까지 했다. 수백 년 자란 은행나무의 모습을 상상한다는 것은 황홀 그 자체였다.

맹씨행단에 도착하여 6백 년 수령의 은행나무 세 그루와 만났다. 조선 세종 때 좌의정을 지낸 맹사성이 심은 것으로, 오른편의 두 그루는 마치 쌍둥이처럼 하늘 높이 치솟았는데 높이가 35m, 둘레가 10m나 되는 거목이었다. 왼편으로 몇 걸음 떨어진 곳에 있는 한 그루가 쌍벽의 조화를 이루고 있었다. 수령이 570년인데 오른쪽 나무와 비슷한 높이로 서 있었다.

고택을 지키며 살고 있는 후손의 살림집이 있어서 맹사성의 유물을 볼 수 있었다. 옥피리 한 개와 벼루. 생전에 은행나무를 바라보며 멀리 영원의 하늘에 대고 옥피리를 불었을 재상의 모습이 떠올랐다. 불현듯 먹을 갈아 시를 쓰고 싶은 충동을 느끼기도 했으리라. 안타깝게도 옥피리는 중간 부분이 부러져 있어 아쉬움을 남겼다.

아쉬움을 안고 다시 마당으로 나오니 세 그루의 은행나무가 만든 황금빛 가을 풍경 위로 어디서 옥피리 소리가 은은히 들려오는 듯했다. 6백 년 전 은행나무가 해마다 가을을 맞으면서 가슴속에 간직해 두었던 악상 한 부분을 끄집어내 영원의 하늘에 불고 있는 피리소린 아니었을까. 나에게도 한 순간이나마 은행나무와 같은 아름다운 삶의 순간이 있기를 바랐다.

맛 멋 흥 한국에 취하다

겨레의 산, 민족의 영혼, 백두산

　　백두산 가는 길, 만주벌엔 가을이 깊어지고 있었다. 연길 공항에 내려 백두산까지는 250km로, 부산에서 대전 가는 거리쯤 되는 꽤 먼 거리다. 대부분 비포장 도로여서 차가 지나갈 때 먼지를 뒤집어쓰지 않을 수 없다. 하지만 처음 대하는 북간도의 가을 풍경을 마음속에 담아 두고 싶어 차창에서 눈을 뗄 수 없었다.

　　연길에서 백두산으로 가는 길가의 마을엔 우리나라에선 찾아볼 수 없는 초가집들이 옹기종기 모여 있었다. 코스모스가 피어 바람결에 흔들리고, 망망한 만주벌엔 벼가 익어 황금물결을 이루고 있었다. 백두산 계곡에서 내려온 맑은 물이 흐르는 개울가에선 소들이 한가로이 풀을 뜯고 있었다. 황금빛 전원 속 군데군데 보이는 초가집 마당의 해바라기와 코스모스는 낯선 이국의 풍경이 아니었다. 산업화로 사라져 버린 고향이 거기에 있었다. 어머니의 품속처럼 따뜻하고 그리운 고향.

자세히 보니, 초가집도 우리 동포의 집은 지붕이 둥그스름하고 벽면에 회칠을 한 데 비해 중국인의 집은 지붕이 장방형(長方形)이어서 쉽게 구분할 수 있었다. 이렇게 초가집 하나만 보아도 민족 간의 문화적 개성과 차이가 뚜렷하다.

연변의 벼는 주로 조선족이 경작하고 있었는데, 중국에서 품질이 으뜸으로 알려져 있다. 옛 황무지였던 이곳 북간도에 우리 동포들이 두만강을 건너 넘어와 벼농사를 짓고 산다 했다. 일제 때는 농민들이 농토를 빼앗기고 정든 고향을 떠나 이주해 와 산 곳이다. 지금 중국엔 2백만 명이 넘는 조선족이 살고 있다. 그중에서도 연변은 조선족이 가장 많이 살고 있는 조선족 자치주로, 초등학교에서부터 고등학교까지 의무적으로 조선말로 교육하도록 법으로 정해져 있다고 한다.

가곡 '선구자'를 부를 때마다 만주벌에 서 있는 한 그루 소나무 일송정과 해란강을 떠올리곤 했는데, 실제 그 모습을 보니 감회가 깊지 않을 수 없었다. '선구자'의 작곡가인 조두남(趙斗南) 선생이 생전에 그토록 오고 싶어 했던 이곳에 오니 조 선생님의 얼굴이 떠올랐다. 생전에 자주 만나 대화를 나누었던지라 이 자리에 함께 계셨더라면 얼마나 좋았을까 하는 마음을 떨칠 수가 없었다.

백두산 아래에 있는 마을 이도백하진에 도착하여 백두산 관리소에서 차를 멈췄다. 이곳에서 지프에 나눠 타고 백두 산정에 오른다고 했다. 그렇게 한 시간쯤 달려 차가 멈춘 곳은 1958년에 세워졌다는 장백산 기상 관측소 앞. 여기서부터 정상까지는 50m인데 가파른 산길을 타고 올라가야 했다.

차에서 내리는 순간 몸이 날아갈 듯 강풍이 몰아쳐 다시 차로 들어가 옷을 있는 대로 꺼내 입고 나왔다. 하루 전날 눈이 내려 말 그대로 '백두(白頭)'의 모습이었으나 아침부터 불기 시작한 강풍이 눈을 다 날려보내 버렸다는 것이다. 눈이 그대로 쌓여 있었으면 모처럼의 백두산 등정이 좌절될 처지였는데, 참으로 다행스런 일이었다.

백두산 등정은 자동차로 한 시간쯤 가서 도보로 십여 분이 더 걸리는, 예상보다 쉬운 코스였다. 화산재로 된 땅을 밟으며 군데군데 눈이 덮인 가파른 산길을 오르니 숨이 가빠져 왔다. 드디어 정상에 올라 천지를 굽어보는 순간, 감정이 복받쳐왔다. 모두가 '아!' 하는 탄성만 낼 뿐 아무도 말을 잇지 못했다. 하늘에 닿을 듯 말 듯 시야가 확 트이고 고요하고 신비로운 태고의 모습 그대로인 백두산과 천지를 만나는 기쁨이 온몸을 전율케 하고 있었다.

천지는 16개의 봉우리로 둘러싸여 있다. 동남쪽의 주봉인

2,700m의 병사봉, 중국 쪽의 최고봉인 2,691m의 백운봉, 천문봉
(天文峰), 그리고 동족 하늘을 향해 울부짖는 형상인 망천후(望天吼)
등 분화구를 에워싼 봉우리들이 마치 천지에 제각기 신묘(神妙)하
고 아름다운 모습을 보여 주려는 듯 펼쳐놓은 병풍처럼 보였다.

　백두산은 가파르거나 험악한 산이 아니었다. 완만한 경사에 부
드러운 산세로 치솟아 후덕함과 부드러움과 느긋함마저 보여 주는
군자다운 산이었다. 장엄하고 자비로운 자태를 함께 지니고 있으
면서도 태고의 신비와 모습을 동시에 보여 주고 있었다. 이런 면모
때문에 산 중의 산이라 하는지도 모른다. 한반도의 반듯한 이마, 만
산(萬山)을 거느리고 있으면서도 그지없이 온화하고 고 있는 듯한
백두산. 발 아래로 내려다보이는 숲들이 수없이 겹쳐 있어서 숲의
파도가 끝없이 밀려가 평원까지 닿아 있는 듯했다.

　우리 겨레에겐 이 백두산이 있기에 민족의 기개를 펼칠 수 있었
고, 수많은 고난 속에서도 좌절하지 않고 일어설 수 있었다. 또한
천지의 물은 지상에서 가장 맑은 물로, 우리 민족의 정수리에 괸
영혼의 물이다. 우리 겨레가 하늘에 바치는 정화수(井華水)가 여기
에 있었다. 비록 중국 땅을 밟고 백두산에 올랐지만 그 감격은 평
생 잊지 못할 것이다. 우리 땅을 밟고 다시 백두산에 오르는 그날
이 어서 오기를 기원해 본다.

생명을 키우는 위대한 모성,
벼

　가을 들판에 가면 고개 숙여 기도하고 싶다. 땅에 꿇어앉아 벼에 입 맞추며 경배하지 않을 수 없다. 누가 이 들판에 황금 빛깔을 가득 채워 놓았는가. 누가 저 벼이삭들을 튼실하게 여물게 하였는가. 땀에 익은 농부의 손길과 햇볕에 탄 검은 얼굴이 떠오른다. 뙤약볕을 마다하지 않고 김을 맨 농부들의 거룩한 손길이 느껴진다.

　유순해 보이는 벼들이 태풍과 가뭄을 견뎌내고 들판을 온통 황금빛으로 채워놓았다. 익어가는 벼의 빛깔과 향기만큼 좋은 것이 어디 있으랴. 번쩍거리는 금빛과는 사뭇 다르다. 마음을 맞아들여 미소 짓게 하는 빛깔이다. 하늘과 기후가 내는 성숙, 완성, 그리고 깨달음의 오묘한 미소다. 숨 막히는 무더위를 견뎌내고, 대지를 휘감는 폭풍 같은 시련을 겪고 난 후 짓는 표정이다. 감미로움을 전해 주는 꽃향기와는 다르다. 위로, 충만, 환희를 안겨주는 뿌듯한 향기다. 벼는 일생의 전 과정을 거치며 깨달음으로 얻은 빛깔과 향기로 가을 들판을 채워놓는다. 겸손과 인내에서 온 감동의 빛깔이요, 어쩌면 눈물의 향기일지도 모른다.

겨울 들판은 비어 있다. 벼들이 사라진 들판은 긴 휴식과 침묵에 빠진다. 논밭은 얼어붙고, 찬바람이 휩쓸고 지나갈 때마다 벌거숭이 나무들은 비명을 내지른다. 겨울 들판은 비어 있지만 숨마저 쉬지 않는 건 아니다. 힘을 비축하고 있다. 얼었던 대지를 열어 제치고 생명을 발아시키기 위해 휴식기를 갖고 있을 뿐이다.

봄이 오면 농부들은 서둘러 논을 갈고 모판을 마련한다. 대지의 속살을 파 뒤엎는다. 흙덩이들은 겨울잠에서 깨어나 기지개를 켠다. 농부는 볍씨를 물에 불려 말리고 못자리에 씨를 뿌려 모를 만든다. 농부는 하늘로부터 모를 심고 수확하는 거룩한 임무를 위임받은 사람이다. 하늘과 땅에 초록빛 기도를 바친다.

논에 물을 넣고 날을 받아 모심기를 한다. 한 줄씩 맞춰가며 들판을 초록으로 가득 채운다. 모심기를 끝낸 논을 바라보는 순간, 농부는 자신도 한 포기 모가 됨을 느끼리라. 이 모들은 가을이면 황금빛으로 변하고, 농부는 그 빛깔을 거두는 기쁨을 가지게 되리라.

맛 멋 흥 한국에 취하다

들판에 나가면 하늘의 말과 벼의 숨소리가 들린다. 벼와 숨을 맞추지 못하는 사람은 진실한 농부라 할 수 없다. 벼는 농부의 발걸음 소릴 듣고 자란다. 농부는 벼의 숨소리를 들으며 잠든다. 벼야말로 인류를 먹여 살리는 더 없이 고마운 곡물이다. 생명을 주고 기른 어머니이자 고향이다. 하늘은 인간을 구제하기 위해 이 풀을 주신 것이다.

여름 들판은 벼가 커 가는 숨소리로 가득 찬다. 농부는 논에 들어가 피를 뽑아낸다. 태풍에 넘어진 벼 포기를 일으켜 세우고 물이 빠지게 배수로를 만든다. 태풍이 지나갈 때마다 무더기로 쓰러지지만 다시 일어난다. 어울려서 힘을 내 다시 일어선다. 목이 타 들어가고 물에 잠겨도 묵묵히 견뎌낸다. 멸구에 시달리며 밤을 지새워도 쓰러지지 않는다.

가을 들판에서 익어가는 벼를 보며 농부는 흙, 물, 태양의 온기를 느끼고 벼의 은혜를 생각한다. 인류의 젖이 되고 밥이 되는 벼. 떡이 되고 술이 되는 벼. 흥을 돋우고 신바람을 일으키는 벼. 노래와 춤이 되는 벼. 풍요와 평화가 되는 벼.

가을 들판의 벼 앞에선 누구나 머리 숙여 경배해야 하리라. 농부에게도 고개 숙이고 감사해야 하리라. 벼는 인간을 위해 자신의 모든 것을 내놓는다. 말 없이 겸허하게 고개 숙인 채 아무 대가도 바라지 않고 풍요와 안식을 안겨준다. 그리고 때가 되면 들판을 비우고 사라진다.

벼는 생명 그 자체이며 생명을 키우는 위대한 모성을 지녔다. 아무리 찬미한다고 한들 어찌 그 은혜에 미칠 수 있으랴. 들판을 물들이는 벼의 황금빛으로 인생의 가을을 맞이하고 싶다.

멋 · 맛 · 신명의 근원,
막걸리

술을 보면 민족의 마음과 문화를 짐작할 수 있다. 서양의 포도주와 위스키가 섬세한 맛으로 감성을 자극한다면 막걸리는 시원 텁텁한 맛으로 흥취를 일으킨다. 한국인의 뚝심과 신명은 막걸리에서 나온다고 할 만큼 막걸리엔 한국인의 마음이 담겨 있다. 막걸리에 취해 보아야 한국의 마음을 알 수 있고, 삶의 맛을 알 수 있다.

막걸리는 고두밥에다 잘 뜬 누룩을 물과 함께 버무려 술독에 넣은 다음 온돌방 아랫목에 이불을 덮어 발효시켜 만든다. 하지만 막걸리는 서양처럼 대단위 제조처에서 상품으로 계발되어 온 게 아니라 사정이 허락되는 집집마다 담아 즐겨 온 가정용 술이다. 가족끼리, 이웃끼리 마시기 위해 만든 술이었기에 재료가 순수하고 맛을 돋우기 위해 잔꾀를 부릴 이유가 없었다. 그래서 막걸리엔 한국의 물맛과 자연의 맛이 들어 있다. 국토의 3/2가 산인 만큼 깨끗하고 맑은 물맛이 막걸리의 바탕이고, 한국의 들판에서 농사지은 쌀맛이 막걸리의 밑천이다.

농부들이 들판에서 김매고 밭갈이 하다가 허기가 들거나 기운이 빠졌을 때 기분을 새롭게 하고 힘을 돋워주는 삶의 자양분이기도 하다. 큰 사발로 벌컥벌컥 들이켜도 탈이 나지 않고, 신바람과 뚝심을 불어넣어 주니 이 얼마나 고마운가.

피리 소리를 듣거나 장구 장단에 맞춰 춤을 출 때도 막걸리에 취한다. 달빛에 취할 때, 농악에 취할 때, 판소리에 취할 때는 반드시 막걸리를 한 잔 마셔야 흥이 난다. 한국의 멋과 맛과 신명은 막걸리가 내는 흥이요. 꽃이다.

또한 막걸리는 술그릇부터가 대범하고 투박하다. 사기대접에 주전자로 부어 마셔야 제맛이다. 잔에서부터 중국의 빼갈 잔이나 일본의 정종 잔과는 비교가 되지 않는다. 안주 역시 배추김치 한 사발이나 나물 한 접시면 족하다.

한국인의 친화력과 단합은 막걸리에서 나온다. 막걸리 한 사발로 "얼쑤 좋다" 추임새를 넣으며 덩실덩실 춤추는 한국인. 온갖 근심 걱정을 날려 보내고 어깨춤을 추고 "쾌지나 칭칭나네"로 신명의 극치와 희열을 맛보게 하는 우리의 술. 한국인에게 막걸리는 목마름에 대한 해갈이요, 막힘에 대한 소통이며, 억눌림에 대한 해방이다.

술은 민족문화의 속살을 보여준다. 순박하고 진솔하며 후덕한 막걸리. 막걸리는 우리 민족에게 흥, 신명, 도취를 안겨주는 소중한 문화 자산이다.

산·들·강이 키운 말의 표정,
사투리

　　사투리는 그 지방만이 가진 독특한 맛이자 개성으로, 산, 들판, 강이 키운 말의 표정이다. 그 표정 속엔 자연의 모습이 담기고 사람들이 주고받는 인심이 배여 있다. 사투리는 압축언어다. 서로의 속사정을 훤히 알아 표정이나 몇 마디만 나눠도 마음까지 읽을 수 있다. 굳이 설명할 필요 없는 말의 눈짓이요, 말의 고갯짓인 것이다.

　　사투리는 구수하고 익살스럽다. 점잔을 빼거나 고상하게 보이려는 의식 자체가 없다. 소박하고 있는 모습을 그대로 보여준다. 세련되지 못한 말씨지만 정이 간다. 흙내 묻은 풀꽃 같은 인상을 준다. 교양이나 체면 따위를 생각하지 않고 손을 맞잡으며 환히 웃는 고향 친구처럼 다정스럽다.

경상도 사투리는 어딘지 무뚝뚝하고 정이 느껴지지 않는 구석이 있으나 속이 깊고 믿음직스럽다. 되도록 말을 줄이고 발음도 간편성을 취한다. 목소리가 우렁우렁 커서 싸우는 것처럼 들리기도 하지만 의기상통하여 신바람을 내며 얘기하는 모습이 그러하다.

전라도 사투리는 친근하고 나긋나긋하다. 감칠맛이 있고 아기자기하다. 여인의 허리처럼 날렵하고 부드럽다. 전라도 사투리가 아니면 낼 수 없는 음색과 길게 빼는 여운 속엔 친화의 눈웃음이 있다. 말의 맛과 기교를 흥건하게 살려놓은 것이 전라도 사투리의 특징이다. 판소리에 전라도 사투리를 빼고 다른 지방 사투리를 사용한다면 제맛을 살려낼 수 없을 것이다. 소리 명창들이 대개 전라도 사람인 것을 보면 전라도 사투리가 얼마나 운율 있고 감칠맛과 구수한 맛, 부드럽고 익살스러운 맛을 고루고루 지녔는지 알 수 있다.

충청도 사투리는 느릿느릿 하지만 유연하다. 서두르지 않고 단정하다. 말씨에서부터 점잖은 인상을 받는다. 느린 말 속엔 여유와 은인자중의 무게가 있다. 함부로 대할 수 없는 품위와 절조가 보인다. 온화하고 말꼬리를 길게 빼는 여운 속엔 착함과 평화가 깃들어 있다. 그래서 편안하고 따스한 온기를 전해준다. 외유내강의 기품이 흐른다. 옳다고 여기는 일에 대해서는 물러서지 않는 강인함을 품고 있다.

현대는 사투리를 필요로 하지 않는다. 지방이라는 개념 자체가 무너지고 있고, 말에도 보편화·일반화가 급속도로 이뤄지고 있기 때문이다. 사투리는 문화의 동질성에서 생겨난 공감의 언어다. 지역 토질에서 피어난 뿌리 깊은 풀이건만 어느새 시대의 뒤안길로 밀려가는 느낌이다. 잘 익은 젓갈처럼 인정과 지방색이 녹아 있는 사투리를 접할 기회가 줄어든다는 것이 여간 섭섭한 일이 아니다. 내가 동창회에 나가는 이유에는 구수하고 정겨운 사투리를 맛보기 위함도 있다. 거리낌 없이 사투리로 말하며 정서적으로 공감하고 의기투합의 웃음을 보기 위해서다.

사투리는 그 지방만이 간직한 고유의 언어로 지방의 넋이 배인 정서와 문화의 뼈와 살이다. 표준어를 쓰는 것이 바람직한 일이나 그렇다고 해서 사투리를 일부러 쓰지 않으려 하거나 홀대해선 안 될 일이다. 나는 고향의 자연, 벗들의 표정이 담긴 정다운 사투리를 좋아한다. 사투리는 나를 낳고 기른 야생의 싱그러운 풀밭이다.

맛 멋 흥 한국에 취하다

벚꽃이 뿜어낸 깨달음의 빛,
섬진강

　4월 초순이면 나는 섬진강으로 봄맞이 가는 것을 좋아한다. 섬진강변 도로를 따라 벚나무들이 꽃을 피운 경치는 말문을 막혀 버리게 만든다. 조끔씩 모양과 빛깔을 보여주고 여운을 주며 피는 여느 꽃들과는 다르다. 꽃망울들이 불그스레 몇 번 부끄러움을 머금다가 한순간에 만개(滿開)해 버린다. 하나하나마다 스민 궁전이 눈부시다. 세상에 무엇이 이보다 더 새롭고 아름다울 수 있으랴. 수천 그루의 나무들이 약속이나 한 듯 하나의 숨결로 피어 놓았다. 아깝구나. 안타깝구나. 지금 이 순간이 아니면 볼 수 없으니, 그리운 이와 보지 못하면 어찌 서운하지 않겠는가.

　신록으로 물들어 가는 지리산 능선, 그리고 그 안에 느긋하고 평온한 모습으로 흐르는 섬진강. 하동에서 화개로 가는 벚꽃나무 행렬은 지리산 쌍계사나 화엄사까지 가지 않고 길가에 선 채로 성불

해 버린다. 겨우내 꼼짝하지 않은 채 면벽수도(面壁修道) 끝에 정각(正覺)에 들고 만다. 벚꽃이 뿜어낸 깨달음의 빛이 휘황하다. 영혼을 태운 빛이 길을 밝혀 세상이 환하다. 나무가 이룬 깨달음의 등불. 순식간에 모든 꽃봉오리가 일제히 성불하고 마는 이 거룩하고 장엄한 의식 앞에 숨도 못 쉬고, 그저 절정의 아름다움을 우러러 볼 뿐이다.

삼동(三冬)의 묵언정진(默言精進)이 꽃으로 피어난 광경을 본다. 지리산 만 년 명상과 섬진강 만 년 흐름을 가슴에 담아 깨달음의 꽃을 피어낸 나무 성자들을 본다. 마음을 비워 순백의 맑은 거울이 돼 버린 벚꽃나무들. 환장하리 만치 좋으면 덩실덩실 어깨춤이라도 출 텐데 경건하고 아찔하여 우두커니 서 있을 뿐이다. 모란이나 장미, 국화처럼 오래 피는 꽃들을 대할 때와는 사뭇 다르다.

꽃잎이 바람에 날린다. 강물이 흐르고 산은 짙어지고 있다. 꽃은 꽃을 버려야 열매를 맺는다는 걸 안다. 피어남과 함께 지는 순간을 아는 것이 깨달음이다. 벚꽃은 필 때처럼 질 때도 순식간에 모두 낙화하고 만다.

섬진강변에 줄지어 만개한 벚꽃나무들 사이를 지나는 것이 환상인 양 느껴진다. 인생의 길에서 만난 가장 화려하고 아름다운 길을

맛 멋 흥 한국에 취하다

섬진강물과 함께 가본다. 지리산 능선을 보며 그 길로 가면 영원의 길목이 보이고 깨달음의 문에 닿을 듯하다. 나는 내 인생의 꽃을 언제쯤 피울 것인가. 벚꽃나무 배경 속으로 섬진강이 취한 듯 꽃향기를 안고 흐른다.

섬진강변 하동 송림을 지난다. 경상도 하동과 전라도 광양을 이어놓은 다리 곁이다. 하얀 모래밭에 오래된 소나무 숲이 펼쳐져 있다. 섬진강 매화와 배꽃, 벚꽃이 꽃을 피우고 지더라도 하동 송림의 소나무들은 의젓하다. 기품이 있고 청청하다. 소나무는 꽃이 아닌 나무의 몸체로 아름다움의 경지를 드러낸다. 등이 굽은 몸체와 적당히 휘어진 가지가 조화를 이룬다. 둑길에 서서 한참 동안 넋이 빠진 듯 그 모습을 바라본다. 한 그루, 한 그루마다 반달이나 산 능선, 강물의 유선(流線)처럼 곡선으로 채워져 오묘한 조화를 보여준다. 신이 아니면 만들어 낼 수 없는 균형의 구도를 펼친다. 누구도 흉내 낼 수 없는 곡선들이 사방으로 펼쳐져 숲 전체가 절묘한 균형과 조화를 창출한다.

휘어지고 비스듬하고 굽은 곡선들은 여유와 배려를 품고 있다. 온화한 표정이 보이고 부드럽고 의젓하다. 자신만을 내세우지 않고 주변과 눈맞춤하며 어울리고 있다. 느긋하고 유연한 나뭇가지들은 서로 다가서고 만나서 한세상으로 닿아 있다. 연주자들이 내는 악기 소리가 모두 합쳐져 완벽한 음색을 내는 듯하다.

섬진강에는 하동 송림이 있어 더욱 운치 있고 보는 이를 흥나게 한다. 산과 강, 그리고 백사장이 어울려 이룬 절묘한 자연미다. 섬진강의 달밤을 만끽하고 섬진강이 주는 바람 소리와 강물 소리를 들으려면 하동 송림이 뿜어내는 가지의 말과 마음을 읽어내야 한다. 강물만 흐르고 청산만 짙어가는 게 아니다. 인생도 흐르고 변해 간다.

하동 송림에 와서 겸허와 물러섬, 휘어가고 비켜가는 여유와 지혜의 선(線)을 바라본다. 인생도 직선이 아닌 곡선처럼 유연하고 부드러운 선이었으면 한다. 4월 초순이면 나는 섬진강으로 봄맞이 가는 것을 좋아한다.

맛 멋 흥 한국에 취하다

근심 걱정을 잊게 하는 맛의 미소, 산나물

　　봄의 입맛은 산나물에서 시작된다. 산의 맛을 지닌 봄나물은 겨우내 움츠러들었던 몸을 기지개 펴게 하고 입맛을 돋우는 봄의 선물이다. 얼어붙었던 땅을 뚫고 나오는 새순의 모습은 그 자체만으로도 신비. 임자가 따로 없어 누구나 채취할 수 있는 공평함마저 지녔다. 하늘이 내린 천연 생물인지라 천성이 순수하다

　　산나물의 맛은 어디서 오는 걸까. 땅심의 맛이요, 비의 맛이며 바람의 맛이다. 혀를 대면 착하고 순박한 기운이 느껴진다. 나물마다 제각각 다른 맛의 향연은 기쁨이다. 하늘의 맑음과 땅의 순박함이 입 안에 맴돈다. 산나물을 맛보려면 때를 잘 맞춰야 한다. 산골짜기에 사는 사람들의 기별을 듣거나 높은 산이 있는 근방의 오일장에 나가면 제때의 산나물을 맛볼 수 있다.

봄에 백 가지 산나물을 먹으면 만 병에 효험이 있다고 할 만큼 봄나물은 약초나 다름없다. 가장 먼저 눈을 틔우는 홑잎나물은 맛이 은근하고, 한 가지에 한 촉씩 나는 두릅나물은 귀하고 상큼한 맛이 난다. 취나물은 혀끝을 향기롭게 하며, 재피나물은 자극적이지만 속을 따스하게 하고 입맛을 동하게 만든다. 삶아낸 머위 잎의 쌉싸래한 맛은 입맛을 돋운다. 줄기는 초장에 쌈을 싸 먹으면 일품이고, 국을 끓이거나 장아찌를 만들어 먹으면 좋다. 가시오가피 나물은 쌉쓰레하면서도 깊고 향긋한 맛이 있다. 더덕은 뿌리는 물론이요, 잎 또한 나물로도 손색이 없다. 미역초, 개미초, 그리고 너들강 바위 틈새에 자라는 다래순에서는 싱싱한 생명력이 느껴진다. 산나물은 그 꽃 또한 눈에 잘 띄지 않고 수수하다. 세속에 물들지 않은 진솔한 모습으로 소박하지만 진실한 맛을 낸다.

우리 민족은 오랫동안 산기슭에 마을을 이루며 살아왔다. 산에 삶을 의지해 온 것이다. 산의 정기를 받아 태어났고 죽어서도 산에 묻힐 만큼 산과는 불가분의 인연을 맺고 있다. 한국인의 마음속에 있는 '청산(靑山)'도 산이 이상향이니 그곳에서 난 것을 먹을 수 있는 것은 축복이다.

산나물을 데쳐 주물러낼 적에는 조미료를 넣거나 고무장갑을 끼어선 안 된다. 집에서 손수 담은 된장이나 간장, 고추장을 넣고 손으로 조물조물 주물러 내야 제맛이 난다. 우리 땅이 키워낸 나물과 집에서 손수 담은 정성이 어우러진 것이 진짜 나물 맛이다.

내가 아는 농촌의 친척 집에 손님이 오면, 안주인은 흰 무명수건을 머리에 쓴 채 손님을 감나무 밑 평상이나 대청마루에 쉬게 하고는 큰 소쿠리를 들고 텃밭으로 달려간다. 이때부터 안주인은 음식 장만을 하느라 눈코 뜰 새 없다. 얼굴에 땀이 송글송글 맺히는지도 모르고 손님상 준비에 분주하다. 텃밭에서 채소를 뽑고 오이, 가지를 따고 호박잎을 뜯어 마당에 가져와 그 자리에서 불을 피워 요리를 시작한다. 보글보글 끓는 찌개 냄새를 맡으며 조물조물 나물을 무친다. 나무 타는 냄새와 피어오르는 연기는 집안을 온통 짭쪼롬한 미각의 환상으로 안내한다.

산나물은 욕심 없는 사람들을 위한 산의 은총이다. 산에 의지해 사는 사람들을 위해 선하고 푸짐한 선물을 주신 모양이다. 봄, 지리산 기슭의 마을에 가서 경치를 구경하며 산나물을 맛볼 수 있다면 더 이상 바랄 것이 없겠다.

산나물은 단순히 한 음식의 미각이 아니다. 그것은 높고 담담한 산이 지닌 묵상의 맛, 고요의 맛이요, 한 없이 착하고 후덕한 마음의 향기이며 근심 걱정을 잊게 하는 맛의 미소다.

한국의 자연과 어머니의 사랑이 녹아
발효된 참맛, 김치

식탁 앞에 앉으면 무엇인가 텅 빈 것 같다. 어머니의 빈자리가 크다. 어머니가 담근 김치 하나만으로도 단번에 밥 한 그릇을 비워 내던 날이 있었다. 멸치 젓갈을 넣고 손으로 양념을 버무려 낸 생김치 맛을 지금은 어디서도 맛볼 수가 없다.

나는 어머니의 마음과 삶을 젓갈이라고 생각하곤 한다. 그래서인지 김치 맛을 내는 여러 조건이 있겠지만 그중에서도 젓갈을 제일로 친다. 멸치나 새우가 젓갈이 되기 위해선 뼈와 살이 푹 삭아서 흐물흐물해져야 한다. 자신의 육신과 마음을 온통 다 내주어야만 입안에 침이 가득 고이게 하는 젓갈이 될 수 있다. 자신을 버려야만 참맛을 얻을 수 있는 것이다. 어머니의 일생이 그러한 것처럼. 가족을 먹이고 입히며 위하는 일이라면 자신의 버리는 것을 오히려 행복으로 아는 어머니처럼.

맛 멋 흥 한국에 취하다

간장, 된장, 고추장, 젓갈은 모두 발효식품이다. 잘 삭혀야 맛이 난다. 그러기 위해선 오랜 세월과 정성은 기본이요, 여기에 알맞은 기후가 보태져야 한다. 어머니가 담근 김치엔 민족 고유의 맛이 흥건히 고여 있다. 한국의 흙과 기후가 만들어낸 채소의 맛과 어머니의 손맛이 보태진 진미다. 삼동(三冬)의 추위를 견디고 새봄을 맞기까지 밥상을 책임지는 김장김치 맛 속엔 한국 가을의 풍요와 맑음이 깃들어 있고, 겨울의 추위와 지혜가 담겨 있다.

김치를 먹을 때 나는 서걱서걱 소리도 젓갈의 오묘한 매력을 극대화한다. 서양의 샐러드는 잘게 썬 채소 위에 소스나 마요네즈를 뿌려 먹는 지극히 단순한 음식이지만, 김장김치는 배추와 무를 소금에 절여 두었다가 고추, 생강, 파, 깨 등을 섞은 양념에 청각, 굴 등의 재료와 젓갈을 넣어 맛을 낸 정성의 음식이다. 자연의 선물과 정성, 그리고 발효라는 기다림으로 빚어낸 맛의 오케스트라라고나 할까. 지휘자는 말할 것도 없이 손으로 양념을 쓱쓱 묻혀가며 김치를 담는 어머니다.

김치는 어머니의 손맛에 따라, 지역에 따라 팔도(八道)·팔색(八色)을 갖추고 있다. 지방마다 다르고 집집마다 다르다. 기후와 지형, 사람들의 성격까지 담고 있다. 어디 그뿐이랴. 물을 넉넉히 잡고 콩나물과 멸치를 넣고 끓이면 시원한 김칫국이 되고, 우러난 국물을 넣어 돼지고기를 넣고 끓이면 구수한 김치찌개가 된다. 어떤 재료와도 절묘한 조화를 이루는 맛의 샘이기도 하다.

우리 어머니가 자식을 키우시던 시대엔 모두가 궁핍했다. 자식들을 배불리 먹이기는커녕 변변한 반찬 하나 해 줄 수 없었다. 푸성귀에 양념과 젓갈을 넣어 손으로 버무려 손맛을 냈을 뿐이다. 그래도 온 식구가 밥상에 둘러앉으면 행복했다. 어느 음식도 입에 맞지 않는 게 없었다. 김이 모락모락 나는 밥과 금세 무치고 끓여낸 음식엔 어머니의 사랑이 배어 있었다. 어머니는 가족들이 밥 먹는 모습을 바라보는 것만으로도 흐뭇한 미소를 지으며 본인은 누룽지나 식은 밥 먹기를 마다하지 않았다.

어머니를 다시 뵐 수 없는 지금, 입 안에 침이 가득 고이게 하던 어머니의 김치 맛이 새삼 그립다. 자신을 소금에 절이고 뼈와 살을 녹여 가족들을 위해 밥을 짓고 김치를 담그던 어머니. 소리 없이 자신을 발효해 가며 가정에 건강을 주고 웃음을 피워내셨다. 세상의 모든 어머니들은 그렇게 거룩하고 훌륭하다.

나는 과연 사랑하는 사람들을 위해 뼈와 살을 녹여 기막힌 맛을 내는 사람이 될 수 있을까. 그것은 아름다운 헌신이요, 깨달음의 경지이며 사랑의 실천이다. 진정한 사랑은 입안에 녹아 사라지는 사탕이 아닌 오랫동안 입맛을 되살려 주는 젓갈 맛이 아닐까 싶다.

식사 자리에 어머니가 계시지 않은 것처럼 김치 맛도 사라져 버렸다. 어디 가서 입안에 남아 있는 그 감칠맛의 여운을 느낄 수 있을까. 한국의 자연과 어머니의 사랑이 녹아 발효된 고유의 참맛을 어떻게 되살려 놓을 수 있을까. 가족의 식사 시간이 즐거워야 행복하다. 돌아가신 어머니를 생각하면서 식탁이 텅 빈 것처럼 맛의 공백과 허전함이 느껴진다. 어머니의 김치맛과 사랑의 손맛이 더욱 그리워진다.

비움으로써 맞아들이기 위한 문,
여백

깊어가는 가을, 농가마다 감나무 가지 끝에 덩그러니 홍시 하나가 매달려 있다. 까치가 와도 섭섭하지 않도록 하기 위한 주인의 따뜻한 배려다. 한 점 잘 익은 홍시를 맑은 하늘에 바치는 이 마음을 알기나 할까. 하늘이야 알 테지만 까치는 과연 섭섭하지 않게 주인에게 깍깍 감사의 인사를 할 것인가. 까치밥은 빈 창공에 인정의 붉은 점 하나를 찍어둔 것이다. 그냥 여백으로 남겨놓으면 어쩐지 허전하여 붉은 낙관을 찍는 것처럼······.

해질녘 산사(山寺)의 범종소리는 어디로 흘러가는가. 산등성이를 넘어 산그리메를 지나 어디로 가는가. 갑자기 끊어지면 귀 기울여 듣고 있던 산들과 강물, 저녁 어스름에 얼굴을 내놓는 별들이 서운할까봐 끊어질 듯 이어지다 은은히 사라진다. 영원히 이별인 듯 돌아서서 가지 않으려는 듯 미련을 두고, 또 언제 그리움이 간

맛 멋 흥 한국에 취하다

절하면 다시 만날 수 있을 듯 여운을 남기며 사라진다. 저녁 하늘
에 곱게 물든 노을도 갑자기 어둠을 맞아들이면 허전할까봐 잠시
찬란한 빛살을 모아 단장한다. 노을이 물러가고 나면 적적할까봐
맑은 별들을 띄워놓는다.

창호지 문엔 달빛의 고요와 새벽 어스름이 가장 잘 물든다. 하지
만 한지(韓紙)의 부드럽고 그윽함만으로는 어딘지 무료해 국화잎
이나 단풍잎을 붙여놓는다. 그 마음 덕분에 빗살에 향기가 어린다.

백자 항아리를 보면 눈이 맑아진다. 볼수록 마음이 맑아지는 가
을 달빛이 젖어 있다. 오동잎 한 잎 두 잎 지는데 풀벌레 소리 뒤로
물리고 누가 가야금을 뜯고 있는 듯 달빛의 선율이 넘친다. 백자는
마음을 비우고 그 자리에 달빛을 채워두었기에 아무리 보아도 물
리지 않는다. 그래도 너무 담백하면 무료하지 않을까 하여 진사(辰
砂)로 붉은 점을 찍어놓거나 사군자를 그려놓는다. 흰 바탕 그대로
남겨두는 것이 더 좋았을지는 아무리 생각해도 알 수 없다.

눈 내린 들판은 맑아서 적요할 때도 있다. 눈부신 대낮의 고요에
외로움을 느낄 때와 흡사하다. 백설만으로는 적적할까봐 눈 속에
매화를 피운 것일까. 그 향기가 은근히 봄을 부른다.

먹을 갈아 화선지에 묵란(墨蘭)을 치고는 무언가 미흡하여 낙관을 남긴다. 그냥 두면 빈 마음인 듯하여 안심이 되지 않는다.

첩첩산중의 사찰에 밤이 찾아와 몇 만 년의 고요가 사방을 둘러싸면 어둠에 묻혀버리고 만다. 그래서 대웅전 처마 끝에 풍경을 달아 댕그랑댕그랑 소리로 바람과 고요를 만나 알은 체 인사를 나누도록 만들어 두었다. 알고 보면 풍경은 영원 저쪽에서 오는 달빛과 별빛과 바람을 맞아들이기 위한 문이 아닐까.

여백은 자신의 마음을 비움으로써 영원을 맞아들이기 위한 문이다. 어쩌면 마음의 빈 뜨락일 수도 있다. 그냥 텅 빈 것은 어쩐지 공허하여 난초라도 한 포기 심어두어야만 될 듯한 심사는 어쩔 것인가. 달밤이라면, 어디선가 피리소리라도 들려와야만 더욱 마음이 끌리는 이치를 알 것 같다.

마음을 비우기란 실로 어렵다. 그 빈 마음에 보이지 않는 아름다움을 깃들인다는 것은 더더욱 어려울 일이나 무언가 하나라도 애써 남겨두어야 마음이 놓이는 것을 어쩔 도리가 없다. 우리의 삶도, 사랑도, 죽음도, 그냥 여백으로 남겨놓을 수 없는 데서 아름다움이 싹트는 게 아닐까.

국경과 시공을 초월한
영원의 신비음이 들리는 곳, 경주

경주를 찾아 홀로 나서 본다. 생각에 잠긴 채 한적한 느낌마저 드는 신라 천 년 고도를 걷는다. 한 차례씩 와 본 곳인지라 발길 닿는 대로 향하다 보니 경주 동부 사적지에 발길이 머문다. 이곳은 황남동과 인왕동에 걸친 안압지, 경주 월성, 첨성대, 계림, 내물왕릉을 위시한 수십 기에 달하는 고신라(古新羅)의 고분이 포함돼 있는 광역 사적지다.

노란 잔디로 뒤덮여 있는 땅과 고분들은 평온해 보인다. 푸른 하늘을 배경으로 둥그스름하게 반원 모양을 이룬 고분의 모습은 천 년을 넘어 인자하고 자비한 모습을 그대로 간직하고 있다. 고분의 둥근 선(線)은 한없이 부드러워 조금도 눈에 거슬리는 데가 없다. 거대한 원형토분은 뒤편의 산형과 닮았는데, 포근한 젖무덤 같아 그 품에 달려가 안기고 싶은 충동마저 일으킨다. 부드럽고 원만한 곡선과 노란 잔디 빛깔은 삶과 죽음, 시간과 공간을 초월하여 제한적이고 일시적인 감정과 형상들을 모두 품에 안아 잠재워 버릴 듯하다. 무덤은 죽음의 집이요, 영혼의 안식처라 두려움보다는 평화와 안식을 느끼게 하는데, 이는 곡선이 수용하는 무한한 고요와 달관의 세계와 연관이 있을 듯하다.

첨성대를 찾아본다. 화강암으로 쌓아 놓은 구조물을 넘어 하늘로 향하는 신라의 눈동자라는 의미를 품었다. 미지의 하늘을 향한 신라의 맑은 눈동자가 느껴진다. 신라의 하늘과 우주가 보인다. 황룡사의 종소리가 은은하게 들려오고 하늘에 떠 있는 무수한 별의 운행이 보인다. 첨성대는 원형의 컵을 거꾸로 세워 놓은 듯한 모습으로 균형의 미(美)를 갖추고 있다. 지름 5.17m, 높이 9.4m인 첨성대는 선덕여왕(632~647) 때 세워진 것으로, 동양에서 가장 오래된 천문 관측대로 알려져 있다. 이집트, 로마, 그리스, 중국의 대 유적들과 비교하면 외형상으론 왜소하고 초라해 보일 수도 있겠지만 설계의 정밀함과 독창적인 면에 있어서는 경탄을 자아내게 한다. 그래서 첨성대에 오면 신라의 별이 보이고, 신라의 영원이 보이며, 신라의 숨소리가 느껴진다. 우주와 미래로 통하는 신라의 문(門)이다.

첨성대 바로 앞에는 계림(桂林)이 있다. 천 년의 나무들로 이룬 숲이다. 천 년의 세월에 몸체가 비틀어진 나무도 있고, 고사목(古死

맛 멋 흥 한국에 취하다

木)도 있다. 노쇠할 대로 노쇠해진 나무 속엔 죽어 가는 부분도 있고, 새 가지가 돋는 부분도 있다. 한 생명체에 삶과 죽음이 공존하고 있다. 한쪽의 죽음으로 젖을 만들어 다른 쪽에 생명의 발판을 마련해 주고 있다. 생사가 잇닿아 있는 것을 계림에서 목격한다. 천 년의 나무에서 피어난 잎사귀엔 천 년의 물기가 반짝이고 있다.

신라 미추왕릉 옆 고분 공원도 가볼 곳이다. 크고 작은 삼국시대 신라 고분 20여 기가 밀집돼 있어 이를 보호하기 위해 만든 곳이다. 천마총(황남동 제155호 고분)이 있어서 더 잘 알려진 곳이기도 하다. 금관, 금허리띠, 장신구, 무기와 마구들이 출토되고, 천마도(天馬圖) 벽화가 있어 유명하다. 원형토분들을 보며 천 년의 명상에 잠길 수 있어 좋다. 이 원형토분들을 보고 있노라면 신라의 뿌리, 정신의 뼈를 간직하고 있는 것 같아 마음이 든든해진다. 천마를 타고 서라벌의 하늘을 나는 환상에 빠져 보기도 한다.

황룡사지에 오면 쓸쓸하다. 불타 사라지고 흔적만 남은 신라 제일의 사찰이 찾는 이들을 고독하게 만든다. 황룡사 9층 석탑은 어떻게 생겼을까. 선덕여왕 14(645)년에 건립된 신라의 세 가지 보물 중 하나인 이 탑은 삼국통일을 기원하는 신라인의 결의를 다지는 정신적 구심체로 백성들의 뜨거운 호응을 받아 대장(大匠) 아비지(阿非知)가 장인(匠人) 2백여 명과 함께 3년 여의 각고 끝에 완성하였다. 9층 목탑은 45m 정방형의 기단 위에 전체 높이가 70m에 이르는 한국 건축술의 경이로운 수준을 보여주는 기념비적인 건축의 꽃이었다. 그러나 이 탑은 593년간 이어 내려오다가 고려 고종 25(1538)년 겨울, 몽고 침략군에 의해 소실되었다. 백제인 아비지는 정치와 국경을 초월하여 일생일대의 작품인 9층 목탑을 건립하기 위해 필생의 집중력과 예술혼을 불어넣은 신기(神技)를 펼쳐 세계 제일의 목탑을 건립했다. 우리 문화사에 길이 남을 건축 예술의 백미(白眉)였건만 몽고군에 의해 소실되어 천추의 한(恨)을 남겼다. 주춧돌만 남은 텅 빈 황룡사지의 적막 속으로 백제인 아비지가 걸어올 것만 같다.

경주에 오면 국경과 시공을 초월하는 영원의 신비음이 들려온다.

맛 멋 흥 한국에 취하다

자연 속에 이룬 이상세계의 구현,
토향고택

　　일 년에 한 번 갖는 수필회 나들이로 경북 봉화에 있는 '토향고택(土香古宅)'을 찾았다. 봉화는 낯설지만 고택에서 하룻밤을 지내는 일이 처음인지라 자못 기대가 되었다. 아침에 마산에서 출발해 점심때 쯤 영주의 소수서원(紹修書院)에 도착했다. 소수서원은 조선시대 최초로 임금이 이름을 내린 사액서원이자 사학 기관이다.

　　소수서원과 곁에 있는 선비촌을 구경한다. 두 곳 모두 배산임수(背山臨水)의 공간에 있다. 서원 입구로 들어가는 길을 가려면 몇 번이나 걸음을 멈춰야 한다. 키 큰 소나무들이 하늘을 치켜 오른 모습에 저절로 경탄이 솟구쳐 나무와 하늘을 두루 바라보게 되는 까닭이다. 그 모습이 마치 군자나 선비 같다. 불그레한 둥치와 녹색 잎이 대조를 이뤄 하늘을 배경으로 도도하고 멋들어진 자태를 드러낸다. 몇 백 년 자란 소나무들과 대화를 나누려면 가까이 다가가야 한다. 삶의 발견과 깨달음을 한 줄씩 목리문에 새겼을 나무들을 생각한다. 수백 줄의 목리문으로 자신의 일생을 아름다운 추상화로 아로새겨 놓았을 거목들의 자태는 기품이 넘친다. 소수서원 앞으로 죽계천이 흐르고 송림 속 냇가엔 정자가 보인다. 신선이 한담을 나누던 공간일 듯하다. 주변소나무들이 정자를 호위하듯 둘러쳐져 절경의 운치를 돋우고 있다. 어디서 학이 날아들고 거문고 가락이 흘러나올 듯하다.

선비촌을 거닐며 고택과 마을의 고샅을 살펴본다. 인간의 삶이 자연 속에 있던 시대를 생각한다. 양지 바른 곳에 집을 지어 종일 햇살을 받으며 바람소리와 물소리를 들으며 자연과 마음이 닿아 있던 그때를 생각한다. 선비촌에 살던 이들은 간 곳 없지만 청청한 소나무는 여전히 그 자리 그대로다.

해 저물녘 봉화읍 해저 1리(바래미), 예정된 숙박지인 토향고택에 도착했다. 일행들과 환담을 나누다 오랜만에 온돌방에 누웠다. 등허리와 몸에 스며드는 군불의 온기가 고택에서의 하룻밤을 실감나게 한다. 한옥에서 살아본 한국인이라면 온돌방에서 겨울밤을 보내고 방 문의 문풍지를 부르르 떨게 하는 바람소리를 들어보아야 고향에 온 것을 체감할 수 있다. 그리고 방에 누웠을 때 등에 따스한 기온이 감돌아야 심신이 풀리며 포근히 잠들 수 있었다.

새소리에 눈을 뜨니 한지 방 문에 여명이 드리워 있다. 고택에서 맞은 아침이다. 유리창으로 투과되는 빛과는 달리 한지를 붙인 방 문에 스민 아침빛은 정결하고 환하다. 빛을 방 문에 머물게 하는 장치는 한지문밖에 없으리라. 뒷동산에선 산새 소리가 들리고, 동리 어디선가 닭이 목을 빼고 아침이 왔음을 알려준다. 방 문에 환히 닿아 있는 아침빛과 닭의 인사를 듣는다. 방문을 열고 마당으로 나온다. 마을 한 쪽에서 개 한 마리가 소리를 높여 신호를 보내듯 짖어대니 여기저기서 개들이 일제히 아침 인사를 나눈다.

비로소 토향고택을 살펴본다. 자연 속으로 열려 있는 단아한 집. 송림이 우거진 뒷산을 배경으로 남향 터에 자리 잡은 ㅁ자형 양반집이다. 집터를 정할 때 햇빛이 잘 들고, 뒤편에 병풍처럼 산이 둘러쳐진 곳을 택하였다. 자연 속에 이룬 이상세계의 구현이다.

토향고택은 1876년(고종 13년) 통훈대부를 지내고 봉화초등학교의 전신인 조양학교(朝陽學校)를 설립(1909)한 암운(巖雲) 김인식(金仁植) 선생이 건립하였다. 5칸 규모의 솟을대문을 들어서면 정면에 큰사랑방과 큰사랑마루가 있고, 사이에는 대문채 좌측에서 큰사랑까지 연결된 담장이 있어 그 사이의 통로를 지나 안대문을 열고 안

채로 들어가게 된다. 정침은 정면 7칸, 측면 7칸의 규모가 큰 ㅁ자형의 주택이다. 안채 부분의 평면은 부엌, 안방, 대청이 연결된 일자형 배치 형태를 취하고 있다. 고택의 현판인 '토향(土香)'은 김인식의 손자 김중욱(金重旭 1924~1967)의 호(號)다. 중앙고보와 고려대학교를 졸업한 뒤 경제기획원 예산담당관을 지냈다. 김중욱은 일제 때 학도병으로 징집되었다가 만주에서 행군 도중 탈출하여 광복군으로 항일 운동을 하였다. 아들 김종구(金鍾九)가 일찍 작고한 선친을 기리기 위해 '토향고택'이라 명명하였다.

별채엔 '광운시사(廣雲詩社)'라는 현판이 붙어 있다. 인근의 시인묵객들이 모여 자작시를 읊고 논하던 시동인회가 있었음을 말해준다. 토향고택 안쪽 건물의 기둥 세 개에 한글 궁체로 쓴 현대시조가 눈길을 끈다. 초장, 중장, 종장을 각각 하나씩의 기둥에 붙인 세로 현판이다.

드러내 보일수록 드맑을 수 있다니
모난 돌 품어 안아 조약돌을 빚어내는
저만치 바라만 봐도 가슴 벅찬 사람아

시조시인인 안주인 ㄱ씨의 작품으로, 광운시사의 전통을 잇고 있음을 보여준다.

아침의 서기를 받으며 고택의 대문을 나와 마을을 둘러본다. 산이 마을을 품고 있다. 햇살이 마을에 광명을 안겨 준다. 송림이 마을을 에워싸고 있다. 나무 위에선 새들이 지저귀고, 닭들은 아침 인사를 나누고, 개들도 소리로써 존재를 알리고 있다. 풀잎의 이슬도 영롱하다.

전통마을의 고택에서 느끼는 것은 자연과 삶의 어울림이다. 자연과 인간의 조화와 아름다움의 발견이다. 한국인의 마음속에는 송림이 우거진 청산(靑山)을 배경으로 양지 바른 곳에 기와집 한 채를 짓고 가족과 오순도순 살고 싶어 하는 마음이 있다. 고택에선 자연의 숨결과 순리를 느낄 수 있다. 집은 삶의 공간을 넘어 자연의 품속에 안긴 삶의 터전이자 이상의 공간으로 자리 잡고 있다. 그 이상의 공간에서 하룻밤을 지낸 것이 예사롭지 않다. 도시 생활에선 느끼고 찾을 수 없던 새벽의 기운과 아침의 광명을 맞이한다. 목재로 지은 집의 안온함과 뒷산 소나무 숲의 바람소리를 들은 것만으로도 고향을 찾은 듯하다.

한국인은 자연 속에서 자연과 더불어 살고 싶어 했고, 마음을 열어놓고 대화를 나누고자 했다. 송림이 우거진 뒷산을 배경으로 한 채의 기와집을 안고 살고자 했다. 그곳이 곧 청정의 공간이고 이상향이라 여겼으리라.

영원한 생명의 부활,
논개와 죽음의 미학

ㅈ씨가 글월과 함께 차(茶)를 보내왔다. 화계사 차 할머니
가 손수 만드셨다는 귀한 차였다. 부랴부랴 다기(茶器)를 구해 차를
끓여 그 맛을 보며 ㅈ씨를 생각한다. 차맛을 모르는 나로서는 담담
한 맛밖에 느낄 수 없으나 차차 터득해 보리라 다짐한다. ㅈ씨의
글월 중 가장 감명을 받은 것은 장시(長詩) '논개(論介)'를 쓰기 위
해 논개의 행적지를 몇 달째 답사하고 있다는 것이었다. 총 1천 2백
매를 예정하고 있는데 8백 매 가량을 집필하였다고 하니 그 집념
과 진지한 노력에 그저 놀랄 뿐이다.

언젠가 진주에서 강희근 시인과 ㅈ씨의 이야기를 하던 중에 '논
개'에 대한 자료를 수집하고 집필하는 데 도움을 얻고자 벌써 한
달이나 떠돌이 생활을 하고 있다는 소식을 듣긴 했다. 논개의 행적
을 좇아 경남 함양군과 전북 장수군의 경계를 이루는 육십 령을 몇

차례 넘나들며 산기슭에서 노숙도 하며 오직 논개만을 그리기를 수십 일째, 덕유산 기슭에 있는 논개의 묘를 찾아 절을 하고 나니 그때서야 참을 수 없는 통곡이 북받쳐 오르더라는 ス씨의 얘기를 전해 들었다.

ス씨의 글월에는 논개의 죽음에 대한 나의 견해를 듣기 위해 한 번 찾아오겠다는 얘기도 있었다. 논개의 묘가 있는 곳에서 얼마 떨어지지 않은 덕유산 기슭의 '조산'이라는 마을에서 2년 가량 지낸 일이 있는 데다 진주에서 태어나 남강을 바라보며 자란 나는 누구보다 논개에 대한 이미지를 선명하게 간직하고 있다. 남강을 바라보며 가끔 강이 지닌 의미를 생각하곤 했다.

임진왜란이 일어난 다음 해인 계사년에 제2차 진주성 싸움에서 7만 명의 시민이 전사했다는 기록이 있다. 성(城) 하나를 지키고 빼앗는 공방전에서 7만 명의 인명 손실을 냈다는 것은 세계고금의 전사상(戰史上) 유례를 찾아볼 수 없는 일이다. 이것만으로도 진주성 싸움은 임진왜란 중 가장 처절한 전투였음을 말해 준다. 그것도 군사가 아닌 대부분 양민이 성의 함락과 운명을 같이했다. 진주성은 영원히 기억해야 할 역사의 성지로 남아 있어야 한다.

생명은 존귀하다. 그만큼 죽음도 소중하다. 나는 진주성에서 피의 의미, 생명과 죽음의 의미를 생각해 볼 때가 많다. 진주성 7만의 죽음 가운데서도 가장 아름다운 죽음은 논개에서 찾아볼 수 있다. 그렇다면 그 죽음 가운데 유독 논개의 죽음만이 그토록 위대하며 찬양받아야 할 조건이 따로 있는 걸까.

논개의 죽음은 시(詩)와 같다. 전북 장수 출신인 논개는 최경회 장군을 사모했다. 최경회를 따라 진주성에 왔다가 그가 전사하자 삶의 의미를 읽었고, 성이 함락되는 바람에 살아남을 수 없게 됐다. "어떻게 어떤 방법으로 죽을 것인가." 이것이 당시 논개 앞에 닥친 문제였다. 논개는 드디어 왜장 게야무라 로쿠스케를 남강의 바위로 유인하여 강물 속으로 뛰어든다.

논개의 죽음은 시적일 뿐만 아니라 드라마틱하다. 승전의 기쁨과 패전의 비극이 교차되는 현장에서 조선의 나약한 여인이 승전군의 장수를 껴안고 강물에 빠져죽는 장면은 매우 극적인 동시에 진주성 7만의 죽음까지 아름다움으로 바꿔 놓았다. 그녀의 죽음은 진주성 전투의 참패로 쓰라린 상처를 입은 민족의 가슴을 치유해 주었다. 논개는 왜장을 죽음의 파트너로 삼았다. 그 극적인 죽음으로 진주성의 패전을 정신적으로 보상해 주었다.

강물에 뛰어든 사람이 어찌 논개뿐이었는가. 김해부사 이종인

맛 멋 흥 한국에 취하다

은 싸우다 칼이 부러지자 양팔에 왜군 한 명씩을 껴안고 "김해부사 이종인이 여기서 죽는다."는 마지막 말을 외치며 강물에 투신했고, 삼장사(三壯士) 또한 "대장부의 죽음을 어찌 더럽힐 수 있으랴."며 촉석루에서 술을 한 잔 나눠 마신 뒤 절벽 밑 강물에 미련 없이 몸을 던졌다. 그러나 이들의 죽음은 논개의 죽음보다는 강렬한 감동을 일으키지 못한다. 죽음 자체는 같지만 그 의미가 다르기 때문이다. 논개의 죽음은 애국을 넘어 미학적인 드라마로 장식돼 있다.

논개의 죽음은 영원한 생명의 부활을 보여준다. 그녀는 죽음 자체를 하나의 창조로 바꿔 놓았다. 패전의 비극과 승리의 도취. 나이 어린 어여쁜 여인과 왜군 장수가 보여주는 극적인 대조감은 꽤나 흥미롭다. 또한 죽음의 장소가 강물 속의 바위이며, 껴안은 채 빠져 죽는 장면은 원수를 갚겠다는 적개심을 초월해 미학적인 이미지를 던져 준다. 왜장을 죽이고 자신도 죽는 것보다 함께 죽음으로써 그 죽음에 대한 이미지가 더욱 강렬해졌다. 논개는 죽음까지 얼싸안았던 것이다.

강은 영원히 흐를 것이다. 그 영원의 물길 속에 논개는 몸을 던졌다. 만일 논개가 강물이 아닌 곳에서 몸을 던졌더라면 논개의 죽음은 조금 덜 감동적이었을지도 모른다. 강은 흐르고 있다는 영속성과 동적인 이미지를 갖는다. 강이라는 이미지 속에 죽음이라는 이미지가 결부돼 또 하나의 생명률(生命律)을 만들어 놓고 있다.

또한 논개의 죽음은 춤이었다. 그녀는 이미 죽기로 결심했으나 왜장을 유인하기 위해서 노래도 부르고 춤도 추었다. 논개의 죽음은 비극적인 상황을 초월하여 최후의 순간까지도 낭만적인 분위기를 느끼게 해 준다. 무기를 사용하지 않고 노래와 춤으로 왜장을 죽이는 방법이야말로 미학이다. 왜장을 얼싸안고 함께 강물에 뛰어든 것은 분노와 복수심을 초월한 포용력이다.

나는 진주성 안을 거닐 때마다 죽음의 최대 미학을 창조해 낸 논개를 떠올린다. 어떻게 그런 죽음이 마련될 수 있었을까. 논개는 시공간의 타이밍을 절묘하게 맞추어 죽음의 최고 미학을 연출해 냈다. 그리하여 다른 사람들이 생애의 업적과 공로로 역사에 이름을 남긴 것과 달리 논개는 죽음으로 민족의 마음에 남게 되었다.

ㅈ씨의 장편 서사시 '논개'의 원고를 보지 못해 알 수 없는 일이나 논개의 죽음과 그 미학이 어떻게 표현되고 있는지 자못 궁금하다. ㅈ씨의 야심과 노력에 경의를 표한다. 스무 살도 못다 살고 간 한 여인의 죽음의 의미를 형상화하기 위해 그녀의 삶 전체를 조명해 본다는 것은 뜻 깊은 작업이다. 그녀의 글 속에서 논개가 어떤 모습으로 투영될지 ㅈ씨의 시집이 어서 출판됐으면 싶다.

맛 멋 흥 한국에 취하다

한국의 춤

매듭의 부조화를 풀어내는 춤,
살풀이

살풀이는 한과 멋이 곁들여져 우아한 격조를 지닌 춤이요, 간절한 염원을 담은 춤이다. 경건한 춤인 동시에 신에게 바치는 춤이다. 인간의 가장 애절하고도 간절한 바람을 담아 멋으로 승화시킨 의식의 춤이다.

그렇다면 '살(煞)'이란 무엇인가. 한국인의 의식 깊숙이 들어 있는 살은 샤머니즘적인 개념이 아니라 오랜 세월 체험으로 얻은 불가항력적인 어떤 힘에 대한 인식이다. 삶의 매듭과 같은 것이라 할 수 있다. 다만 인간의 힘으로는 풀 수 없는 것으로, 찰나적이고 운명적인 성격을 띠고 나타나는 불가항력 현상이다. 그것은 인간이 원치 않는 가운데 이변을 일으키고 불행을 가져옴으로써 인간을 불안하게 만든다. 가령 장난삼아 던진 돌팔매에 누군가가 우연히 맞아 죽거나 귀엽다는 표현으로 슬쩍 한번 때렸는데 어린아이가 급사하는 것처럼 말이다. 원치 않는 가운데 일어나는 이 돌연한 현상을 우리는 어떻게 이해할 것인가.

우주의 생명률이 시공의 조화에서 이탈해 불일치의 현상을 빚어 일어나는 이변이 아닐까도 생각해 본다. 사람과 사람의 관계, 자연과 사람의 관계에서 생명률의 조화가 깨졌을 때 발생하는 어떤 힘이 불행의 화살은 아닐까.

하여튼 우리 민족은 '살'의 존재를 체험으로 확인하며 살아왔고, 인간의 힘으로는 풀지 못한 매듭인 만큼 그것에 불안과 두려움을 느껴온 것도 사실이다. 이를 풀기 위해 부적이 등장했고 살풀이가 행해졌다.

살풀이는 춤으로 살을 풀려는 의식이며, 미로써 부조화의 율을 바로 잡으려는 것이다. 그래서 명주의 부드러운 곡선을 허공에 휘날려 살이라는 매듭의 부조화를 풀어낸다. 모성적인 것, 가장 부드럽고 아리따운 곡선이야말로 부조화의 매듭을 풀 수 있는 신비의 열쇠가 아닐까.

살풀이춤엔 여성적인 부드러움과 고요가 넘쳐흐른다. 양팔을 편 길이보다 더 긴 명주수건을 허공에 뿌리며 부드러운 곡선을 연출

하는 춤사위는 정적인 아름다움을 극대화한다. 정적이지만 우아하고 그 속에 무한의 변화를 감추고 있는 살풀이는 신명의 춤이 아니다. 무속의 바탕에서 전승되긴 했지만 신앙적인 의식을 느끼게 되는 것도 이 때문일 것이다.

살풀이는 정적이지만 눈에 띄지 않는 가운데 천태만상의 변화를 일으킨다. 이것은 노을 속에 산의 능선이 살아 움직이는 듯한 신묘한 모습의 변화와 비슷해 보인다. 살풀이는 피리나 가야금산조의 애틋한 그리움을 동반한 음률에 걸맞다. 인간 외적인 작용에 의해 일어나는 돌발적인 변화에 대비하려는 신앙적인 깊이와 한 맺힌 마음의 표현이 잘 어울린다.

살은 도무지 예측할 수 없고 이해할 수도 없는 힘이다. 무엇인지는 확실히 모르나 그것을 운명이나 액의 개념으로 인식해 살풀이라는 방법으로 해소하려는 것은 매우 멋지다. 풀기 어려운 미해결의 수수께끼를 푸는 방법으로 춤이라는 가장 여성적인 행위를 동원한 것은 우리 민족만이 할 수 있는 일이다.

맛 멋 흥 한국에 취하다

시공을 초월해 영원을 헤엄치는
비상의 날갯짓, 학춤

우리 민족은 학을 새 중의 새로 여겨왔다. 평화와 장수의
상징으로 삼아 '송학도(松鶴圖)', '운학도(雲鶴圖)' 등의 학 그림을
즐겨 그리기도 했다. 순수의 결백을 숭상하는 백의민족의 기질에
가장 잘 맞는 새라고 여겼기 때문이다. 고려청자나 자수의 운학도
에도 영겁의 시공을 날고 있는 학이 자주 등장한다. 가없는 하늘엔
조각구름 하나가 외로이 떠 있고 그 안에 목을 길게 앞으로 뺀 채
날개를 펼친 학의 모습이 보인다. 희고 가는 몸매를 자랑하듯 넓디
넓은 하늘을 유유히 날고 있다. 마치 영원의 시간과 공간을 향해
가듯. 피안(彼岸)으로 향하는 듯한 날갯짓과 뒤로 쭉 뻗은 다리는
세속을 벗어난 것처럼 보인다. 학의 고귀한 모습에서 영원을 누리
고자 하는 인간의 욕망이 운학도로 승화된 것은 아닌가 싶다.

학춤은 학의 생활모습과 동작을 춤으로 표현한 것으로, 갓을 쓰

고 하얀 도포를 입고 추는데 학이 나무에서 날개를 펼치는 모습, 유유히 창공을 비행하는 모습, 먹이를 찾는 동작 등이 들어 있다. 그래서인지 유난히 폭이 넓은 도포의 흰 소맷자락이 학의 날개처럼 우아하고 춤사위 또한 기품이 흐른다.

학은 보통 새가 아니다. 이상적인 인물의 상징으로, 부귀영화와 생남(生男) 등을 상징하는 새로 숭상되고 있다. 학춤은 학의 그런 의미를 담아 유연하고 우아하다. 흥겨워서 멋대로 추는 춤이 아니라 날갯짓 한 번 할 때마다 구름 한 조각 흘려보낼 듯 깊고 유연한, 그리고 이미 탈속이라도 한 듯 고요하면서도 힘찬 율동이 우러나온다. 날개를 펴고 빠른 걸음으로 돌며 뛰어오르기도 하고 머리를 숙여 절을 하거나 갑자기 서서 하늘을 향해 소리치는 시늉을 보이기도 한다.

학이 춤춘다는 것은 법열의 경지에 들었음을 의미한다. 그것은 지상의 춤이 아니라 피안 저쪽에서 행해지는 것처럼 느껴진다. 시공을 초월해 유유히 영원을 헤엄치는 그 비상의 날갯짓은 인간으로서는 도저히 도달할 수 없는 고결한 세계다.

노송(老松)에 학이 앉아 있는 풍경은 동양 풍물 중의 백미(白眉)라 해도 과언이 아니다. 운치 있게 굽은 황토빛 나무에 눈이 시린

듯 푸른 솔잎을 이고 있는 노송은 주변 바위와 산의 능선과 절묘한 조화를 이룬다. 서양의 그 어떤 나무가 구불구불 곡선으로 치켜 올라간 노송의 품위를 따를 수 있겠는가. 그런 품위에 백설처럼 흰 학이 앉아 있는 모습은 신선의 경지다. 노송의 신묘 바로 그것이며, 동양의 아름다움을 극대화하는 풍경이다.

학춤은 인간이 이상세계를 꿈꾸며 추는 춤이며, 세속을 벗어나 신선의 경지에 도달하고자 하는 바람이다. 천 년을 학처럼 우아하게 살고 싶어 하는 기원의 춤이다.

본능적이고 모성적인 소리를 간직한
북춤

우리는 늘 북소리를 가슴에 지니고 산다. 고동치는 심장의 맥박이 북소리처럼 울리는 까닭도 있지만 그 소리의 음역엔 인간의 본능적인 리듬이 간직되어 있기 때문이다.

북춤은 인간이 기구를 사용해 춘 춤 가운데 가장 오래된 춤일 것이다. 왜냐하면 북은 최초의 민중악기이기 때문이다. 고대 오리엔트 문명에도 피막을 이용한 북이 나오고, 이집트 · 아시리아 문명과 고대 중국, 아프리카 등 지구 어디서든 찾아볼 수 있는 공통적인 악기 또한 북이다. 모든 사람들이 갈구했던 만큼 어느 민족이나 자연스럽게 북을 만들어 사용해 왔고, 이에 맞춰 춤을 췄을 것으로 추측할 수 있다. 어쩌면 북소리에는 인간이 목말라 하는 본능적이고 모성적인 소리가 간직되어 있는지도 모른다.

북춤에는 정해진 격식이나 구성이 따로 있지 않다. 춤추는 이에 따라서 가락에 맞춰 즉흥적으로 추면 된다. 북춤은 가장 단조로울 것 같은 춤사위 속에 인간의 원초적인 구원을 갈구하는 듯한 생명력과 인간이 미치지 못할 미지의 영원한 세계를 열려는 문을 두드리는 소리가 담겨 있다. 그래서 북춤을 보고 있으면 자연과 인간을 이어주는 어떤 신비의 율을 느끼게 된다.

중요 무형문화재 '밀양백중놀이'의 북춤 기능보유자인 하보경(河寶鏡) 옹의 춤은 달관의 춤이다. 칠십 평생의 체험을 북소리에 담아 멋으로 승화시켜 놀에 선명히 모습을 드러내는 산의 능선과 금물결로 반짝거리는 강물의 흐름을 춤사위에 담았다. 그래서 즉흥적으로 추는 춤이긴 하나 가볍지 않고, 산이 일어나 모처럼 흥을 보여주는 것 같은 품위가 느껴진다. 가냘픈 여인이 추는 춤이 아니어서 그런 것만은 아닐 성싶다. 백설 같은 흰 수염, 준수한 얼굴의 칠순 노인이 북을 메고 덩실덩실 춤추는 모습은 마치 신선을 보는 듯하다.

하 옹의 북춤은 강물이 흘러가는 것처럼 자연스럽고 평온하다. 기쁨의 율도 있고 슬픔의 율도 있지만 그의 춤은 한과 흥을 한데 모아 신명의 율을 만들어 놓은 듯하다. 북소리의 음역 한복판에서 무아지경의 신명으로 이승과 저승을 이어주는 일체감을 보여준다.

이때의 북소리는 범신과 인간을 이어주는 주술적인 매개체이자 자연의 본바닥에서 울려오는 소리가 된다. 의젓하면서 담담함도 느껴진다.

흔들리지 않는 마음바닥에서 생겨난 여유, 명경지수처럼 맑은 가락을 춤사위에 얹을 수 있는 것은 삶의 전 과정, 감정의 총화를 흥으로 빚어놓을 수 있는 깊이를 지녔기 때문이 아닐까.

맛 멋 흥 한국에 취하다

삼키고 억눌러 온 한恨의 표출,
덧뵈기춤

　　덧뵈기춤은 경상도 지방의 야유(野遊)나 오광대(伍廣大) 등
가면극에서 사용되는 대표적인 춤사위로, 조금은 낯선 이름의 춤
이다. 하지만 낯선 이름과는 달리 어디서든 즉흥적으로 출 수 있는
춤이자 모두가 한데 어울려 제 멋에 겨워 추는 지극히 서민적이고
민중적인 춤이다. 어떤 이는 어깨를 들썩이고, 어떤 이는 고개를 끄
덕거리고, 어떤 이는 궁둥이를 삐딱거리면서 자신도 의식하지 못
하는 가운데 신명에 도취되는 춤이기 때문이다.

　　기방굿거리나 양반춤이 기와집 내의 풍류 속에서 행해지는 춤이
라면 덧뵈기춤은 여염집 마당에서 동네사람들이 모여 어울려 추는
춤이다. 흥의 꽃이 춤이라면 덧뵈기춤은 그야말로 무아지경의 흥
을 맛보게 한다. 잔칫날 잔칫집에 모인 사람 모두가 장구와 꽹과리
소리에 맞춰 덩실덩실 춤추는 것을 보고 자신도 모르게 어깨를 들

썩이며 춤판에 끼어 함께 어울리면 된다. 격식도 체신도 필요 없다. 흥이 많으면 많은 대로 춤사위가 멋들어지고, 신명이 넘치면 넘치는 대로 나 자신을 잊어버린다. 장구·꽹과리·태평소·장구 소리까지 어우러지니 신명의 극치를 맛볼 수 있다. 한마디로 난장판의 춤이며 엉망진창의 춤이다. 세련미라든지 청초미라든지 우아하고 부드러운 춤사위와는 거리가 멀다. 생긴 그대로 가식 없는 감정의 표출을 유감없이 보여준다. 민중의 삶의 터전, 한을 삼키며 지내온 마음의 바닥에서 솟구치는 춤이다.

잔칫집 마당에 앉아 국수 한 그릇, 막걸리 한 잔 들이켜면 어찌 춤 한 번 추고 싶지 않으랴. 우리네 잔치마당엔 덧뵈기춤이 제격이다. 어찌 보면 질서도 없고 격식도 없이 난장판이지만 덧뵈기춤 속에는 민중의 끈끈한 체취와 삶의 열정이 담겨 있다. 다만 솟구치는 에너지가 신명풀이로 불 지펴질 뿐이다. 악(樂)과 흥(興)을 덧뵈기춤으로 즐긴다고 해도 좋을 것이다.

삶의 고뇌, 그리고 가슴에 쌓인 한(恨)을 흥으로 풀어버리는 신명의 잔치, 그 잔치 마당에서 벌어지는 춤. 그래서 덧뵈기춤에서는 우리 민족의 강한 에너지가 분출된다. 가식 없이 솔직한 감정 그대로를 드러내고 있기 때문이다. 그래서 덧뵈기춤 한번 추고 나면 가슴에 쌓인 한이 눈 녹듯 사라지고 다시금 삶에 대한 애정과 의욕이

맛 멋 흥 한국에 취하다

솟아난다. 시집살이와 머슴살이로 인한 분노와 화에 얽매여 온 나날이 아니었던가.

덧뵈기 춤판에서는 가식과 허세를 모두 벗어던져도 좋다. 그냥 가락에 맞춰 신명풀이에 취하면 된다. 가락에 몸을 움직이면 그 자체가 춤이다. 어깨를 으쓱으쓱해도 춤이요, 손으로 엉덩이를 찰싹찰싹 치며 궁둥이를 비뚝거려도 기막힌 춤이다. 두 손으로 들고 다리를 올렸다 내렸다 해도 웃음보가 터지는 춤이 된다. 뒷짐 지고 구경만 할 수 없어 함께 어울리면 되는 것이 덧뵈기춤이다. 마당에서 벌어지는 즉흥춤인 덧뵈기춤은 난장판의 춤이며 엉망진창의 춤이다. 가락에 맞춰 숨을 토하며 몸을 놀릴 뿐 자신의 행위마저도 잊게 만든다. 세련미라든지 청초미라든지 우아하고 부드러운 춤사위와는 거리가 멀다. 생긴 그대로의 가식 없는 감정의 표출을 유감없이 보여주는 춤이다. 민중의 삶의 터전, 한을 삼키며 지내온 마음의 바닥에서 솟구치는 춤인 것이다.

장구 가락과 꽹과리 소리에 못 이겨 저절로 흥이 솟아 멋에 취하다 보면 춤판 전체가 신명풀이의 잔치마당이 된다. 그 순간 시공을 초월한 어떤 신들림의 상태를 맛볼 수 있다. 이것은 기막힌 멋의 도취요, 잠시 신(神)과 교감하는 순간이다. 이 순간만은 세상사와 잡념이 사라지고 마음과 마음의 신명이 합해진다. 여기에서 한국인의 해묵은 체증인 한이 풀리면서 만사가 형통해진다. 오늘날, 시골 아낙들이 야외로 나들이를 나가 음악 소리에 맞춰 신명풀이를 하는 것도 덧뵈기춤의 변형된 모습이라 할 수 있다.

우리 선조들은 즐겁고 흥겨운 잔칫날에는 으레 덧뵈기춤을 멋들어지게 춤으로써 살맛을 챙겼다. 어쩐지 거북살스럽고 불편했던 사람과도 함께 덩실덩실 춤 한번 추고 나면 언제 그랬냐는 듯 금세 편해지게 만드는 것이 덧뵈기춤이 지닌 힘이다. 지그시 눈을 감고 고개를 끄덕거리다가 자진모리장단이 되면 뛰고 구르며 장단과 춤사위가 자연스럽게 하나를 이룬다. 막걸리의 춤이요, 토속의 춤인 덧뵈기춤이 주는 신명풀이의 맛을 알지 못하는 사람을 어찌 한민족의 핏줄이라 할 수 있으랴. 뚝배기나 바가지에 막걸리를 철철 넘치게 따라 들이켠 다음 손으로 김치를 집어 입에 넣고 팔등으로 쓱 문지른 뒤 어울리는 덧뵈기춤은 가난하지만 정이 넘치던 서민들을 위로하던 친구다. 이 춤이 있었기에 짓눌리고 서러워도 견딜 수 있었고 외로움도 이겨낼 수 있었다. 기쁨과 슬픔을 함께 나눠온 덧뵈기춤은 민중의 것으로서 언제까지나 우리에게 신명풀이를 제공해줄 것이다. 현실이 고달플 땐 덧뵈기춤 한 판으로 다시금 신명을 내야 하니까.

맛 멋 흥 한국에 취하다

적나라한 아픔 속 익살과 풍자,
병신춤

　　흥겨운 잔치마당에서 벌어지는 춤판에는 으레 익살스러운 병신춤이 등장하게 마련이다. 수건을 둘둘 말아 등허리에 넣으면 영락없는 곱사춤이 되고, 다리를 절름거리며 손을 떨면 절름발이 춤이 된다.

　　얼굴이며 등줄기에 신명으로 젖은 땀이 춤판에 끼어든 민중들의 마음으로 공감의 강이 되어 흐른다. 점잔을 빼고 뒷짐을 진 채 우두커니 보고만 섰던 사람도 도저히 배겨낼 수 없게 만든다. 어느새 춤판에 끼어들어 고개를 끄덕거리며 어깨를 들썩거린다. 흥미 오른 꽹과리와 장구 소리는 피를 끓게 만든다. 그 가락은 단조로우나 신명을 지피는 모닥불이다.

　　민중이 함께 어울리는 우리 춤의 가장 큰 매력은 멋대로 추는 맛에 있다. 격식이나 순서 따윈 필요치 않다. 뚝배기처럼 투박하지만 뜨겁고 가슴을 활활 태울 만큼 열정적이다.

병신춤은 덧뵈기춤이 절정에 올랐을 때 등장한다. '중풍쟁이', '째보양반', '걸뱅이', '꼬부랑할미', '떨떨이', '난쟁이', '문둥이', '배불뚝이', '곱사', '절름발이', '봉사' 등 너무 우스워 배를 쥐고 깔깔거리다 보면 슬퍼진다. 이들 병신들이 결국 우리의 모습임을 깨닫게 되기 때문이다. 이들은 모두 고통 받고 외면 당하는 계층으로, 가슴에 한이라는 덩어리를 안고 사는 버림받은 서민들이다. 우리의 모습이자 우리 이웃의 모습인 것이다. 비정상적인 몸놀림, 운명과 삶에 경련을 일으키는 듯한 동작들에 폭소가 터지지만 차츰 이것이 슬픔이 되어 민중의 마음을 적셔놓는다. 물론 병신춤을 통해 극한의 불행과 운명을 체험하고 절망과 어둠을 맛보면서 자기 삶에 대한 근심을 잊고 위로받기도 한다. 그래서 병신춤은 서민의 애환과 삶의 슬픔을 나타내는 동시에 현실을 풍자한다.

권재업 옹(翁)은 밀양백중놀이의 병신춤 기능보유자다. 늦은굿거리(중중모리)가락과 잦은(중모리)가락으로 되어 있는 밀양 지방의 병신춤은 김극로, 최성식에 의해 시작되어 밀양 고유의 춤으로 토착화되었으나 김성로와 최성식이 작고한 뒤로 그 맥이 끊어져 사라질 위기에 처한다. 그러나 병신춤이 사라지는 것을 안타깝게 생각한 김극로의 조카 김타업 옹(밀양백중놀이 기능보유자)이 권 옹에게 병신춤을 추어볼 것을 권유함으로써 그 맥을 잇게 되었다. 권재업 옹은 김타업 옹이 가르쳐준 개략적인 춤동작을 바탕으로 병신춤을 연구하기 시작했지만 쉽지 않았다. 불구가 된 사람의 희로애락을 자신의 것으로 만들어 그들의 한과 즐거움을 병신으로밖에 보지 않는 정상인들을 오히려 야유하고 풍자해야 했기 때문이다.

결국 그는 임중이라는 중풍 환자와 가까이 지내게 되었다. 임중은 처음에는 움직일 수 있는 한쪽 다리와 움직일 수 없는 또다른 다리 때문에 절룩거리며 걸었으나 나이가 든 뒤에는 결국 앉은뱅이가 되었다. 그는 임중의 절룩거리는 걸음걸이를 춤에 도입했다. 이렇게 그가 추는 병신춤은 실제인물의 고통과 의지를 바탕으로 권옹 자신의 한 많은 평생을 교합한 춤이다.

앉은뱅이, 절름발이, 곱사 등 그가 출 수 있는 병신춤은 외형적인 불구의 모양을 빌어 그들의 참모습과 내면을 보여주고자 한다. 불구자에 대한 사회의 냉담을 환기시키고 버려진 삶으로 어둠에 묻혀 신음하는 그들 편에 서서 그는 몸으로 철저히 항변했다. 그는 병신춤을 추면서 "나는 병신인데 너희는 무엇이 그리 우스우냐? 너희들은 병신이 아닌 줄 아느냐."고 마음속으로 외친다고 한다.

그의 병신춤을 보면 저절로 웃음보가 터진다. 그의 절름발이 흉내는 무척 인상적이다. 사팔뜨기 눈은 흰자위가 보이게 뒤집어지고 얼굴 전체가 실룩거리면서 팔을 떨면서 절름거리는 시늉은 오장육부가 뒤틀리는 듯한 느낌을 준다.

적나라한 아픔 속 익살과 풍자를 보여주는 춤. 병신춤은 우리 춤 중에서 가장 인간적인 체취를 보여주는 진솔한 움직임이며 냉담한 사회 속 소외된 삶의 항변을 보여준다. 이 또한 삶에 대한 강한 에너지의 분출이다.

법열의 세계를 향한 인간의 날갯짓, 승무

얇은 사(紗) 하이얀 고깔은

고이 접어서 나빌레라.

파르라니 깎은 머리

박사(薄紗) 고깔에 감추오고,

두 볼에 흐르는 빛이

정작으로 고와서 서러워라.

빈 대(臺)에 황촉(黃燭)불이 말없이 녹는 밤에

오동잎 잎새마다 달이 지는데,

소매는 길어서 하늘은 넓고,

돌아설 듯 날아가며 사뿐히 접어 올린 외씨보선이여!

까만 눈동자 살포시 들어

먼 하늘 한 개 별빛에 모두오고,

복사꽃 고운 뺨에 아롱질 듯 두 방울이야

세사(世事)에 시달려도 번뇌(煩惱)는 별빛이라.

휘어져 감기우고 다시 접어 뻗는 손이

깊은 마음속 거룩한 합장(合掌)인 양하고,

이 밤사 귀또리도 지새는 삼경(三更)인데,

얇은 사(紗) 하이얀 고깔은 고이 접어서 나빌레라.

_ 조지훈 '승무' 전문

산사의 황촉불이 말없이 녹는 밤에, 오동잎 잎새마다 달이 지는데……

얇은 사 하이얀 고깔을 쓴 여승이 나비처럼 춤추는 모습이 눈에 보이는 듯하다. 적막에 묻힌 산사, 흔들리지 않는 산의 중심, 마음 복판에 들어앉은 산사에서 여승이 춤을 추고 있다. 긴 소매를 허공에 휘저을 때마다 달빛과 고요가 흔들리며 촛불마저도 숨을 죽인다. 누구를 위한 춤인가. 몇 만 광년의 시공을 거쳐 지상에 내려온 고요의 선율에 흐르는 달빛도 떨고 있다.

승무는 춤의 공양이 아닐까. 그런 만큼 일시적인 기쁨과 흥에 겨워 추는 춤이 아닌 영원을 향한 법열의 경지에서 추는 춤이다. 일반적으로는 무희(舞姬)는 남빛 치마에 흰 저고리를 입는다. 치마를 날렵하게 걷어 올리고 흰 장삼에 고깔을 쓰고 붉은 가사를 어깨에 메고 양손에는 북채를 든다. 관객을 등 뒤에 두고 북을 향한 점, 머리에 고깔을 써서 얼굴을 볼 수 없게 한 점은 내면의 심오한 미의 표출에 더 치중한 느낌을 준다. 정면으로 돌아서서 양팔을 서서히 벌려 양어깨에서부터 장삼 끝까지 이어진 선이 긴 타원을 이룰 때 관객들은 비로소 '색즉시공 공즉시색(色卽是空 空卽是色)'의 세계를 느낀다. 이것은 믿음과 법열의 공감이다. 장삼을 공간으로 홱 길게 뿌리는 춤사위는 만사의 진리와 통할 수 있는 깨달음을 얻은 순간의 표현이 아닐까 싶다. 이때 백팔번뇌가 일시에 풀리는 듯 인간의 깊은 고뇌라는 매듭이 풀리는 듯하다.

승무는 인간의 욕망을 벗어버리고 참다운 자아, 깨달음의 세계를 향해 피어나는 한 송이 연꽃과 같다. 하얀 외씨버선코가 남색 치마 밑으로 보일 듯 말 듯 제비의 날갯짓처럼 미끄러지듯 한 걸음에서 대웅전 지붕 처마 끝에 달린 풍경이 바람에 들릴락 말락 뎅그랑뎅그랑 소리를 내는 듯한 느낌을 준다. 달빛에 묻힌 산사의 적막을 외씨버선은 미끄러지듯 밟고 가는 것인지, 아니면 정중동(靜中動)의 선율인지…….

염불 장단에 맞추어 북을 어르다가 타령으로 이어지고, 다시 타령에 북을 어르고 굿거리장단에 맞춰 춤추다가 무르익으면 자진모리와 당악 장단의 북 치기를 시작한다. 오열하듯 복백을 토해내듯 북을 두드리는 모습은 인간의 모든 번뇌와 욕구, 어둠과 갈등을 다

쏟아내는 듯하며, 어느새 관객을 무아지경으로 이끈다.

격락의 절정에서 갑자기 북소리가 멎고 다시 장삼이 허공에 뿌려지면 마음속에 일던 온갖 잡념과 욕망(속세)이 사라지고 피안의 세계에 도달했음을 느끼게 된다. 그래서 승무는 춤의 합장이요, 춤의 공양이며, 법열의 세계를 향한 인간의 날갯짓이다.

가슴에 뛰는 고동 소리의 표출,
장구춤

　　인간이 기구를 이용하여 만든 최초의 악기는 북이라고 앞서 밝혔다. 인류 역사상 북에 대한 가장 오래된 기록은 5천여 년 전 고대 오리엔트 조각에서 나오는데, 북은 우리나라에서도 예부터 신령스러운 악기로 여겨졌다.

　　우리나라의 전통 북은 대략 20가지가 되는데, 그중에서도 가장 중요한 것은 장구다. 한문으로 '장(杖)'은 '채'라는 뜻이고, '고(鼓)'는 '북'이라는 뜻을 가지고 있다. 하지만 본래의 음대로 '장고'라 하지 않고 '장구'라고 한다. 전 세계적으로 북은 방망이 같은 둥근 채나 손바닥을 이용해 치지만 장구만은 한 면은 회초리같이 가는 납작한 대나무 채로 치고 다른 한 면은 손바닥으로 친다. 북의 한 종류지만 세계에서 유례를 찾아볼 수 없는 한국 특유의 것이 바로 장구인 것이다. 장구를 요고(腰鼓)라고 부르기도 하는데, 허리가 가늘

고 사람들의 허리춤에서 흥겹게 움직인다 해서 이런 이름이 붙여
졌다.

우리 음악에서는 리듬을 장단이라 부르는데, 대부분의 한국 음
악은 장구로 연주된다. 장구를 메면 이내 모든 시름이 사라지고 원
과 한이 잊혀진다. 오로지 가락에 맞춰 노래를 부르고 춤을 추면
된다. 장구만 있으면 단조로운 생활 속에서도 흥과 멋을 일으킬 수
있다. 장구 가락에 맞춰 피어나는 환희의 소용돌이요, 신명의 분수
다. 잔칫집 마당에서, 굿판에서, 탈춤에서, 마당놀이에서 장구는 빠
질 수 없는 악기다. 그 소리가 울리지 않고서는 노래와 춤이 도저
히 멋들어질 수 없고 흥도 우러나지 않는다. 핏줄 속에 이어져온
리듬이기에 덩실덩실 춤추지 않고서는 배길 수가 없다.

장구 가락은 춤으로 더욱 빛이 난다. 오른쪽 어깨에 비스듬히 장
구를 멘 여인의 잘록한 허리, 긴 치마를 한쪽으로 살짝 감아올려
들러난 곡선미는 더 없이 날렵하고, 자진모리장단에 맞춰 장구춤
을 추는 모습은 보는 이를 황홀경으로 몰고 간다. 외씨버선이 경쾌
하게 움직일 때마다 버들잎 같은 나긋나긋한 몸매와 치맛자락은
임의 발걸음처럼 가슴을 졸이게 하고, 굿거리장단에 맞춰 빙글빙
글 돌며 장구채를 두드리는 춤사위는 꽃 속을 날고 있는 나비를 연
상케 한다. 맵시 있는 손가락의 움직임은 임을 부르는 듯 너울거리

고, 목에서 어깨와 허리로 이어지는 날렵한 곡선미는 흥겨운 가락과 어울려 미의 꽃으로 피어난다.

한국인이라면 어찌 장구 소리에 춤 한번 추고 싶은 흥이 솟구치지 않으랴. 장구 소리는 한국인의 마음바닥에 괴어 있는 흥과 신명, 멋과 미를 죄다 끌어올리는 주술적인 힘을 지니고 있다. 한국인의 한과 고뇌, 시름을 달래고 치유해 준 손길이 거기에 있다. 장구 소리는 가슴에 뛰는 고동 소리일지도 모른다. 리듬이 빨라지면 숨은 가빠지지만 춤사위와 장구가 하나 되고, 신명에 취해 호흡이 합해지고, 장구 소리의 리드미컬한 가락이 멋들어져 어울릴 때 그야말로 흥의 극치를 느낄 수 있다.

우리의 신풀이에는 장구춤이 등장해야만 뜨겁던 가슴이 비로소 가라앉는다. 숨 가쁜 장구 소리의 절정에서 모든 근심과 고뇌를 탄식처럼 토해내야만 마음이 가뿐해진다. 모든 시름을 멋으로 승화시키는 생명의 가락, 그 가락 위에 꽃으로 피는 것이 바로 장구춤이다.

하늘과 땅의 은혜에 드리는 감사, 오북춤

농경생활에서 명절은 생활을 새롭게 하는 리듬이자 자연과의 합일을 꿈꾸는 종교적 의식이었다. 정월 대보름, 삼월 삼짇날, 유두, 백중, 추석 등이 그러한 날이었다.

대보름은 음력을 기준으로 참다운 첫 달이자 첫 날의 의미를 지닌다. 한 해가 시작된 뒤 처음으로 달답게 둥근 만월이 뜨는 날이기 때문이다. 한 해의 시작을 알리는 달이어서 보름 중에서도 가장 큰 보름, 곧 대보름이다. 그래서 대보름 저녁에는 한 해의 운세와 농사의 풍요를 점치고 기축하는 행사가 치러진다. 떠오르는 달의 모양, 빛깔의 짙고 옅음, 떠오르는 방위, 기움새 모두 풍요의 전조다. 이날은 답교, 달바라기, 달집의 불, 달 부름, 용란 뜨기, 놋다리밟기 등을 하며 풍요를 빈다. 한 해의 으뜸이자 달의 명절인 것이다.

반대로 추석은 마무리하는 달의 보름이다. 새해 첫 보름과 한 해를 마감하는 보름으로써 대보름과 추석은 짝을 이룬다. 대보름이 농사를 비롯한 한 해의 시작이라면 추석은 그 마무리로, 대조적이면서도 상보적인 의미를 지닌다.

백중은 음력 7월 보름이다. 한 달 뒤 추석이 한 해의 농사를 마무리하는 날이라면 백중날은 한 해의 풍요가 판가름 나는 때다. 정월 대보름부터 시작된 농사일이 백중날에 이르러 비로소 그 성과를 추측할 수 있기 때문이다. 이 날이 되면 남녀가 서로 모여 온갖 음식을 마련해 놓고 노래하고 춤추며 즐겁게 놀았다. 지방에 따라서는 씨름대회나 장치기(手傳) 등의 놀이로 내기를 하기도 했다. 농촌에서는 백중날을 전후해 시장이 섰는데, 이를 백중장이라 했다. 머슴을 둔 집에서는 휴가의 의미로 이 날 하루를 취흥에 젖게 했으며, 그해에 농사를 잘 지은 집의 머슴을 소에 태우거나 가마에 태워 위로하기도 했다. 백중이라는 말도 백종(百種), 즉 여러 가지 음식을 갖춘다는 뜻에서 유래된 것으로 보인다.

오북춤은 밀양백중놀이(중요무형문화재 제28호)의 마지막을 장식하는 춤으로, 농사의 주역인 머슴들의 삶의 체취와 익살이 뜨겁게 분출되는 신명나는 춤이다. 춤판은 양반춤에서 시작된다. 풍물 장단에 맞춰 느릿느릿 춤을 추고 있는 양반들을 머슴들이 몰아낸다.

그러면 난쟁이, 중풍쟁이, 배불뚝이, 꼬부랑할미, 떨떨이, 문둥이, 꼽추, 봉사, 절름발이 등이 나와 익살스런 병신춤을 선보인다. 그러다 두 사람이 번갈아서 개인기를 보이는 범부춤이 이어진다. 이제 밀양백중놀이의 마지막이자 클라이맥스인 오북춤의 차례다. 밀양에서만 볼 수 있는 독특한 춤으로, 김상용·김춘생·권재업·김출이·정상출 씨 등 5명의 북잡이가 주인공이다. 이들은 어깨에 끈을 매달아 무릎까지 내려오는 북을 북채인 나무막대기로 탕탕 치며 원을 그린다. 병신춤에서 극도의 웃음과 해학을 맛보고 가슴까지 시원해진 춤판에 신명의 절정인 오북춤이 등장해 놀이를 마무리하는 것이다.

오북춤은 신명의 도취 속에 추는 춤으로, 일제히 북을 탕탕 울리는 춤사위에서 남성적인 멋이 그대로 드러난다. 여기에 한 해 농사가 잘되게 해 준 하늘과 땅의 은혜에 감사의 고사를 드리는 마음이 묻어 있다. 북으로써 신명을 분출하고 단조로운 춤사위 속에 천태만상의 흥취와 생명력의 약동, 풍요에 대한 기대감을 한꺼번에 담았다. 올해도 감사와 기쁨에 젖은 오북춤의 북소리가 퍼지기를 기대한다.

맛 멋 홍 한국에 취하다

한국인의 솔직한 마음과 감정의 표현, 탈춤

탈춤은 독립적인 춤이 아니라 가면극 중 연극의 한 요소로, 가면극의 마당별로 탈이 등장한다. 하지만 탈춤으로 말미암아 가면극은 더욱 흥이 나고 신명은 클라이맥스를 향해 간다는 점에서 그 의미가 결코 작지 않다.

한국인에게 탈춤은 의미가 남다르다. 탈을 씀으로써 자신(인간)으로부터 벗어나 우주의 생명률을 띤 새로운 모습으로 탈바꿈할 수 있는 까닭이다. 그리고 탈바꿈으로 말미암아 봄기운으로 싹튼 새싹처럼 거듭 태어나는 기쁨을 맛볼 수 있다. 여기서 거듭 생명을 탄생시킬 수 있는 힘은 신명이다. 신명은 우주와의 교감에서 얻은 일체감에서 비롯된다. 신령을 직접 몸에 싣고 대자연의 계절적인 움직임과 하나가 되었다는 느낌이 신명인 것이다. 이것은 동토에서 막 돋아난 새싹, 가을에 떨어진 사슴의 뿔이 새봄에 다시 돋아

나는 것과 같은 신비감과 환희가 어우러진 감정이다. 마치 봄기운이 대지에 새 생명의 숨결을 불어넣는 것과 같다. 흙의 기운과 달이 돋는 시공간적 느낌, 그리고 나무와 풀잎의 마음과 통해 하나의 우주적인 공감을 획득하는 데서 오는 무아지경의 환희가 바로 신명이다.

탈은 원시시대부터 있었던 것으로 추정되는데, 처음에는 수렵생활을 하던 원시인이 수렵 대상인 동물에게 가까이 다가가기 위한 변장용으로, 후에는 살상한 동물의 영혼을 위로하기 위한 주술적 목적에서 차차 종교적·민속적 의식과 놀이에 사용되어 온 것으로 보고 있다.

한국 가면은 크게 신앙가면과 예능가면으로 나뉜다. 신앙가면은 가면을 일정한 장소에 두고 그 가면에 고사를 지내거나 얼굴에 쓰고 악귀를 쫓아내기 위해 사용하는 것을 말하고, 예능가면은 가면을 얼굴에 쓰고 무용이나 연극을 할 때 사용하는 것을 말한다. 가면극은 대개 음력 정초, 정월 대보름, 4월 초파일, 단오, 추석 등 명절에 공연되는데, 이로 미루어 농경생활과 관련이 깊고 대자연의 계절적인 움직임과 일체감을 이루려는 의식을 보여주고 있다고 할 수 있다.

한국의 탈은 천태만상의 표정을 지니고 있다. 그 표정 속에는 한국인이 억누르며 참아온 분노가 서려 있는가 하면 희화적이고 해학적인 면도 담겨 있다. 우악스럽고 무서운 면이 있는가 하면 비루하고 추한 표정도 있다. 하회탈처럼 하나의 얼굴에 희로애락의 만감을 자아내게 하는 탈도 있다.

탈춤이 벌어지면 난장판이 된다. '얼쑤'나 '좋다'는 후렴은 점잖은 장단에 속한다. 탈춤놀이판에는 상소리와 육두문자가 쏟아지는가 하면 재담과 익살, 음흉한 패악질, 심지어는 짜릿한 성감마저도 느끼게 만든다. 탈춤을 보면 천 년, 만 년 이 땅에 뿌리내리고 살아온 우리 겨레가 흙과 바람과 속에서 그 일부로 뒤엉켜 살아가고 있는 핏기운을 느낄 수 있다.

한국인의 탈춤으로 소극적인 삶을 적극적인 삶으로, 침울하고 어둡던 생활을 웃음과 즐거움이 넘치는 생활로, 허례허식에 숨죽여오던 생활을 대담솔직한 생활로 바꿔놓는 슬기를 보여주고 있다. 그런 점에서 한국의 탈은 한국인의 얼굴이며, 탈춤이야말로 가장 솔직한 마음과 감정을 표현하고 있는 춤이라고 할 수 있을 것이다.

부처의 미소 속
마음으로 번져오는 바라 소리, 바라춤

　　부처 앞에서 불자들이 두 손을 모으며 합장하는 것은 마음을 모으는 방법이다. 마음을 모은다는 것은 속세에 물들어 있는 잡박한 생각을 버리고 마음을 깨끗이 하여 물아일체의 경지가 되는 것을 말한다. 그러기 위해선 마음속의 욕심을 깨끗이 비워야 한다. 샘물처럼 마음을 비워내야만 비로소 바닥이 맑아진다. 옛 우리네 부녀자들이 이른 새벽 맑은 샘물을 길어 와 백자그릇에 물을 따라놓고 꿇어앉아 지성을 드릴 때 두 손을 모았듯이 말이다. 그리고 지성에 도달하려면 마음이 정화수처럼 맑아야 한다. 순수와 결백의 마음이라야 지성에 이를 수 있다. 정화수와 같은 마음이 곧 물아일체의 경지이며, 우주의 모든 사물과 통할 수 있는 마음이다. 여기서 우리는 두 손을 한데 모으는 마음, 즉 합장의 의미를 깨닫는다.

　　바라춤은 불교의식무용의 하나로, 양손에 바라를 들고 빠른 동작으로 앞으로 나아가고 뒤로 물러서며 또는 빙글빙글 돌며 추는 춤이다. 바라를 치는 모습은 마음을 모으는 합장의 모습, 한 송이 연꽃을 떠올리게 한다.

바라는 서양의 심벌즈와 비슷한 타악기지만 심벌즈가 단순히 리듬을 위주로 한 타악기인 데 비해 바라는 종교적인 의식에서 행하는 악기라는 점에서 근본적으로 다르다. 음으로써 부처님의 말씀을 전파하고 있는 것이다. 또한 심벌즈가 경쾌하고 밝은 음색을 지니고 있다면 바라는 몇 만 년 침묵을 안으로 다스려 장엄한 고요를 지닌 산의 음성을 들려준다. 산의 중심에 들어앉은 사찰의 범종처럼 같이 내면 깊숙이 파고드는 성찰과 자각의 음성을 들려준다. 북도 같은 타악기이건만 바라는 영겁 속의 찰나를 가르는 듯한 아찔한 깨달음을 느끼게 한다. 종교적인 교감에서 얻는 깨달음의 전율이 아닐 수 없다. 바라의 소리는 영겁의 음이요, 마음과 마음을 잇는 인연이 음이며, 시공을 초월하는 음이다. 바라는 이렇게 마음으로 퍼져 흐른다.

바라춤은 불가에서 모든 악귀를 물리치고 도량(道場)을 천정하게 하며 마음을 정화하려는 뜻에서 추어졌다. 천수바라춤, 명바라춤, 사다라니바라춤, 관욕게바라춤, 먹바라춤, 내림바라춤의 6가지가 있다.

무복은 고깔에 장삼을 입고 양손에 바라를 든 모습이다. 고깔에 붉은 장삼을 걸친 여승이 바라를 들고 사찰의 뜰 앞 탑을 배경으로 서 있는 모습은 정중동(靜中動)의 느낌을 자아낸다. 양손에 바라를 들고 허공에 빙글빙글 돌리기도 하고 앞으로 나아갔다 다시 물러서는 춤사위를 보고 있노라면 마음으로 번져오는 바라 소리가 들리는 듯하다. 법열에 잠긴 부처의 미소와 같은 피안의 공간, 그 불심의 영역에서 춤을 추고 있는 게 아닐까 하는 착각마저 불러일으킨다. 한국무용의 내면에 정중동이 생명률로 흐르는 것은 공통적인 요소이지만 바라춤에서는 더욱 그것을 느낄 수 있다.

바라춤은 탑돌이를 할 때도 추어진다. 사찰은 몇 개의 봉우리를 거느린 큰 산의 중심에 있고, 사찰의 중심에는 대웅전이 있으며, 뜨락에는 으레 탑이 서 있다. 탑이 선 자리는 사찰의 중심이자 사찰이 지닌 불심의 한가운데인 것이다. 어쩌면 탑은 인간의 마음을 우주에로 이어보고자 하는 지성의 꽃일지도 모른다. 그래서 탑은 영혼의 피뢰침처럼 무한 공간에 닿아 있고, 정신력의 중심과 기둥으로 존재한다. 탑돌이를 하면서 추는 바라춤은 지상의 춤이기는 하되 세속의 춤이 아닌 법열의 경지에서 추는 춤이라고 할 것이다.

고깔을 쓴 여승의 얼굴은 잘 보이지 않으나 날렵한 허리와 바라를 든 모습이 마치 나비와 같다. 하지만 붉은 장삼을 걸치고 지그시 눈을 치뜨고 허공을 바라보는 자태는 어딘지 모르게 장엄한 분위기를 자아낸다. 살며시 앉아 바라를 뒤로 치고 양팔을 펴서 빙그르 돌리는 춤사위는 마치 한 송이의 연꽃이 피어나는 듯하다.

상류층 남성의 생활양식과
미학을 보여주는 양반춤

우리나라 전통무용을 옛 시대의 계급에 따라 분류한다면 왕실을 중심으로 한 궁중무용과 양반들의 춤, 서민의 춤으로 나눌 수 있다. 궁중무용은 기록이 있어서 보존돼 오고 있고, 서민층의 춤도 그런 대로 전수되어 계승되고 있다. 하지만 양반춤은 양반 계급의 몰락과 더불어 퇴색되어 찾아보기가 어렵게 되었으니 안타까운 마음을 금할 수 없다. 그나마 경남 지역에서 명맥이 간신히 이어져 오고 있으니 참으로 다행한 일이며, 그런 만큼 양반춤은 민족 보존적 의의를 지니고 있다.

양반춤은 조선시대 선비들의 생활모습을 춤으로 표현한 것으로, 선비들의 정신적인 미와 멋, 자태가 어우러진 춤이다. 궁중무용이 지나치게 의식적이고 장중함을 띠는 반면 양반춤은 조선시대를 이끈 계층의 생활의식과 멋을 춤으로 표현해 춤사위가 의젓하고 우아하며 품위가 있다. 갓과 망건에 도포를 입고 손엔 합죽선과 장죽을 들었으니 함부로 범접할 수 없는 위엄도 갖추고 있다. 눈처럼 흰 도포를 입고 검은 갓을 쓴 모습은 흑백의 대비를 선명히 나타내는데, 의상에서 보여주는 지나칠 정도의 절제미에서 선비의 청초하고 맑은 마음과 고고한 기상을 엿볼 수 있다. 합죽선을 펼치는 모습에서는 멋과 흥이, 장죽을 든 자태에서는 마음의 여유가 느껴진다.

양반춤은 혼자서 추는 것이 일반적이나 군무로도 적당하며, 표현성이 다양한 데서 더욱 멋을 찾을 수 있다. 우리 춤은 대부분 여자들이 추나 양반춤만은 남성이 추는 춤으로서 춤사위가 다양하고 동적이며 남성 특유의 의젓함과 기개가 돋보인다. 도포자락을 펄럭이며 팔을 놀리는 춤사위는 여인들의 그것과는 달리 내면의 인품과 정신까지 드러내는 듯하다. 양반들의 생활감정이 그만큼 풍부한 데서 춤사위의 변화도 다양해졌겠지만 무려 30가지나 된다. 양반이 의젓하게 걸어 나오는 모습, 흥겨운 장면을 엿보는 모습, 장단에 맞춰 으쓱이는 모습, 상대를 가리키며 으스대는 모습, 흥취에 무릎을 치고 탄복하는 모습, 상대 곁으로 걸어가는 모습, 햇볕을 부채로 가리는 모습, 속으로 즐거운 표정을 짓는 모습, 인사하는 모습 등…….

양반춤을 보면 조선시대 양반의 풍속도가 그대로 드러나 저런 사람들에 의해 조선사회가 이끌어져 왔구나 하는 것을 느끼게 된다. 춤사위에서 표현되는 양반의 생활모습에서 우리의 지나온 모습과 생활을 보게 되고 당시의 도덕률 속에 의젓이 누렸던 흥과 멋을 발견하게 되는 것이다. 상류층 남성의 생활양식과 미학을 보여주는 것이 양반춤의 핵심이다.

맛 멋 흥 한국에 취하다

4

한국의 꽃

꽃향기에 대한 기억

　나는 꽃향기를 좋아한다. 좋은 삶과 인생에선 오래도록 맑은 향기가 풍긴다. 어떻게 하면 향기 있는 인생이 될 수 있을까.

　나의 첫 기억은 목련꽃 향기로 시작된다. 화창한 어느 봄날 아침, 나는 외할머니 등에 업혀 집 앞에 있는 도립병원으로 놀러 갔다. 다섯 살쯤이었을 것이다. 병원 안엔 아름드리 큰 목련나무가 있었고, 바야흐로 목련꽃이 만개하여 눈부신 꽃세상을 만들어 놓았다. 나는 등에 업힌 채 위를 올려다보며 그 모습을 응시하고 있었다. 꽃송이들 위로 햇살이 출렁이고 은은한 꽃향기가 흘러 넘치고 있었다. 그 목련꽃 한 송이를 따고 싶었다. 어떻게 해서라도 아름다운 그 세계에 닿고 싶었다. 그러나 손끝이 꽃에 닿을 듯 닿지 않았다. 나는 외할머니를 졸랐고, 할머니는 멈칫거리다 어쩔 수 없다는 듯이 손을 내밀어 목련꽃 한 송이를 꺾어 내 손에 막 쥐어 줄 찰나였다.

"꽃을 꺾으면 안 돼요."

화들짝 놀라 돌아보니 흰 가운을 입은 사람이 서 있었다.

"인석아, 너 때문에 내가 이 남(나무)에 목을 맬까?"

외할머니는 무안하셨던지 내 엉덩이를 철썩 때리셨고, 역시나 민망했던 나는 으앙 울음을 터트리고 말았다. 울면서 집으로 돌아온 내 손엔 목련꽃 한 송이가 쥐어져 있었다. 코에 가져가 보니 어머니의 살내음 같은 향기가 흐르고 있었다.

십리향(十里香)은 아직 내 마음에 남아 있다. 어릴 적 우리 집에는 난초를 그린 액자가 걸려 있었다. 이 그림의 화제(畵題)는 '난향 십리(蘭香十里)'로, 난초보다 화제가 머릿속에 또렷이 박혀 있다. 난향이 아무리 멀리 간다 한들 어찌 십 리를 가겠는가. 과장이 심해도 너무 심하다고 생각했다. 그런데, 수십 년이 지나고도 내 가슴에 그 향기가 남아 있으니 십리향이 아니라 마음의 향기가 아니겠는가. 종소리가 아무리 깊고 은은해도 십 리 밖에서 듣긴 어려운 법이거늘 백 리까지 향기를 풍기는 꽃의 마음은 얼마나 깊고 아름다울까. 향기가 눈부시다는 걸 느낀다.

천리향(千里香)은 가히 뇌쇄적이다. 짙은 향수와 같은 그 내음이 코가 아닌 가슴속을 짜릿하게 파고든다. 천리향이 풍기면 다른 향기는 숨을 죽인다. 연보랏빛 천리향은 밤중에도 그 향기로 인해 발걸음을 옮겨 놓게 만든다. 전생에선가 인연을 맺은 듯한 향기로 정신마저 황홀하게 해 준다. 초등학생 시절, 학교 가는 길모퉁이에 있던 기와집의 천리향을 잊을 수 없다. 봄이면 그 향기로 인해 어둡던 골목길이 환하고 향기로워지는 듯했다. 기와집의 천리향 때문에 골목길이 좋았고, 휘파람을 불면서 학교에 다닐 수 있었다.

향기로 말하자면 찔레도 빠트릴 수 없다. 들장미라고도 하는 찔레는 우리 산야 어디에나 아무렇게 피는 꽃이다. 풀밭, 개울가, 산비탈을 가리지 않고 땅 위로 뻗어나가 소담스런 꽃을 피운다. 그 향이 너무 향기롭고 어여뻐 꺾으려 하면 날카로운 가시에 찔린다고 하여 '찔레'가 되지 않았을까 싶다. 그 모습과 향기가 너무나 순진하고 깔끔하여 열일곱 살 소녀를 연상케 한다.

꽃향기이고 싶다. 꽃향기로 인생을 시작했으니 꽃향기로 살다가고 싶다. 그러나, 나는 아직 어떤 향기도 지니지 못했다. 좋은 향기란 맑은 마음과 깨끗한 인품에서 저절로 풍기는 것이리라. 향기로운 꽃을 피우기 위해선 마음의 밭을 갈고 가꾸어야 할 것이다. 나는 멀리 가는 백리향이나 천리향보다는 주변의 가난한 마음을 적셔주는 향기이고 싶다. 말없이 그리운 이에게 다가가는 향기이고 싶다. 외롭고 아픈 가슴을 달래주는 이슬 젖은 향기이고 싶다.

소박하고 해맑은 얼굴로
농부와 호흡하는 호박꽃

농촌의 여름은 수십 가지로 어우러진 녹색의 향연장이다. 수십이 아닌 수백 가지의 녹색이다. 녹색은 녹색이지만 백훼(百卉)의 녹색이 모두 다르다. 감나무, 밤나무, 콩, 고구마, 호박잎의 녹색이 엇비슷하지만 자세히 보면 모두 다 다르다. 어떤 것은 심록(深綠)인가 하면, 어떤 것은 담록(淡綠)이고, 김 서방 논과 박 서방 논의 색깔이 다르고, 한 나무에서도 새로 핀 눈록(嫩綠)과 묵은 농록(濃綠)의 녹(綠)이 다르다.

녹색은 아무리 보아도 싫증이 나지 않는다. 날로 싱그러워지는 생명의 빛깔이요, 젊음의 색깔이기 때문이다. 볼수록 눈이 맑아지고 기분도 쇄락해진다. 농촌의 들판은 잔잔히 물결이는 녹색의 바다요, 그 바다에 언뜻언뜻 보이는 노란 빛깔은 띄엄띄엄 눈을 밝혀준다. 호박꽃이다!

어둠 속으로 별똥별이 빛화살로 내리고 반딧불이 떠도는 짧은 여름밤이 물러가면 청포도 맛 아침이 아무도 몰래 수숫대 위에 앉는 잠자리 날갯빛으로 밝아온다. 나뭇잎과 풀잎이 수만 개의 진주알로 눈뜨는 여름날 아침은 붉고 하얀 석류 알처럼 청신하기만 하다. 이슬 젖어 무언가 감격하여 울고 난 듯 함박 피어난 호박꽃이 막 솟아오르는 해를 바라볼 때, 그 얼마나 아리잠직하고 눈부신가? 호박꽃은 이렇게 농촌의 아침을 평화롭게 열어 놓는 꽃으로, 순실(純實)한 농부들의 꽃이자 이른 아침 쟁기 매고 논밭으로 나간 농부들을 맞아주는 아침의 꽃이다. 농촌의 푸르름 속에 호박꽃이 없다면 얼마나 허전할까. 울타리, 지붕, 언덕배기, 밭두렁, 개울가, 산비탈에서 돌보는 이 없어도 호박꽃은 조금도 움츠림 없이 순란하다.

　　호박꽃은 장미나 튤립처럼 화려하지 않다. 그런 꽃들처럼 겉멋만 풍기는 것이 아니라 볼수록 마음이 밝아오는 순금빛 꽃이다. 시원스럽게 큰 오각형의 꽃송이는 지난밤 하늘에서 떨어진 별똥별이 그대로 꽃으로 핀 듯하다. 당연히 고상한 이의 거실이나 정원에서 사랑 받는 꽃과도 거리가 멀다. 호박꽃은 청아하고 요나한 난(蘭)이 아니며, 책 읽는 이의 설창에 일영미향(一影微香)을 던지는 매화도 아닐 뿐더러 서리 속에서도 의연히 고취(高趣)를 뽐내는 국화 또한 아니지만 야생적인 순수함에 그 어여쁨이 있다. 화장을 하는 듯 손질하여 가꿈이 없이 소박하고 해맑은 얼굴이 티 없이 순일(純一)하기만 하다.

호박꽃을 바라보면 아침을 여는 종소리가 들리는 듯하다. 그렇다, 호박꽃은 그 모양이 빛나는 별이요, 황금빛 종(鐘)이다. 또한 호박꽃을 보면 다른 욕심이 일지 않는다. 꺾고 싶다거나 한 그루 얻어오고 싶은 마음은커녕 아침마다 들판으로 가 그 순박한 즐거움을 얻고 싶어진다. 오만도 없고 긍지도 없다. 겸허하고 경건하다. 착한 얼굴이 진솔한 농부를 닮았다. 이른 아침 들판에 나가 보라. 밤사이, 호박덩굴은 한 뼘이나 더 뻗었고, 덩굴손은 나뭇가지와 풀잎을 붙잡고 무언가를 속삭이고 있다. 갈맷빛 우산을 펴든 잎들은 줄지어 나들이 가는 듯하다. 맑은 대기를 호흡하면서 졸졸졸 흐르는 개울물을 따라 가보기도 하고, 풀밭의 뱀과도 만나 인사한다.

호박꽃의 또다른 매력은 넓은 아량과 포용력에 있다. 가시덤불은 물론 자갈밭과 탱자나무 울타리마저 따뜻하게 감싸주고, 쇠똥도 웃으며 가슴으로 안아준다. 저녁놀을 받으며 집으로 돌아가는 농부에겐 마치 절을 하듯 다소곳이 고개를 수그린다. 소박하고 순량(淳良)하여 어딘지 연약해 보이지마나 어디든 뻗을 것만 같은 그 줄기는 쟁기질하는 농부의 구릿빛 팔뚝을 느끼게 한다. 대지를 기어오르는 그 줄기에 금세라도 푸른 맥박이 뛸 것 같다.

호박꽃이 피지 않은 우리나라의 농촌은 상상이 되지 않는다. 예부터 우리네 농부들은 호박꽃을 사랑했다. 봄이면 으레 울타리 밑이나 논두렁, 잡초더미 아무 곳에 호박 구덩이를 파고 퇴비를 듬뿍 넣어 호박씨를 두세 알 넣어둔다. 이렇게만 해 두면 호박은 몇 번의 봄비에 싹을 틔워 쑥쑥 자란다. 정말이지 호박덩굴이 성장하는 것처럼 발랄한 게 어디 있을까? 얼마 아니 가서 호박순은 줄기에 노란 봉오리를 맺고 꽃을 피우기 시작한다. 아침에 피어 정오 무렵이면 곧 시들어 버리지만 봉오리에서 연이어 피어나는 새 호박꽃은 봄부터 늦은 가을까지 줄기차게 핀다. 그래서일까, 호박꽃이 있는 집은 어쩐지 평화롭고 안온하며 모든 것이 풍성하고 느긋해 보이지만 호박꽃이 피지 않은 농가는 어쩐지 허전하고 편하지 않은 느낌을 준다.

또한 호박꽃은 넉넉한 인정을 가지고 있다. 벌들은 다른 꽃에겐 꽃가루를 조금씩 얻어가지만 호박꽃에게는 마치 주인이 대문 안으로 들어가듯 날아들어 꽃가루를 흠뻑 묻혀 나온다. 호박꽃 안을 들여다보라. 하나의 큰 꽃술이 혀를 내놓고 방글방글 웃는 아기처럼 천진스럽다. 보고 싶은 곳, 가고 싶은 친구에게로 뻗어가 활짝 웃으며 덩굴손을 내미는 모습은 능동적이다. 일 년 내내 한 송이 꽃도 못 피우는 미루나무를 칭칭 타고 올라가 그대로 꽃이 되어 준다.

늦더위가 물러가고 삽상한 소슬바람이 온갖 열매를 붉게 만드는 가을이 오면 들판의 녹색은 이제 차츰차츰 누렇게 변해 간다. 들판뿐만 아니라 나무도 산도 노랗고 빨갛게 바뀌어 간다. 농부는 이제 즐거운 마음으로 누렇게 변한 농작물을 추수하느라 손길이 바빠진다. 추수가 끝나 꽉 찬 들판이 비어 허전해질 즈음, 농부는 달덩이처럼 둥글게 익은 호박을 지게에 지고 느긋한 마음으로 집으로 돌아온다. 한여름 뙤약볕을 견디며 농부들에게 즐거움을 선사하면서 얻어낸 결과물이다.

농촌의 푸르름 속에 순금으로 빛나는 호박꽃! 영원히 농부와 함께 호흡하는, 농부들의 가슴속에 시들지 않는 한국의 꽃. 우리나라 산야에는 무수한 호박꽃이 농부들의 별이 되어 피어난다.

안으로 안으로 다스려 온 그리움,
박꽃

우리나라 산등성이의 곡선과 잘 어울리는 초가지붕의 곡선. 그 위로 하이얀 박덩이가 앉혀지고 빨간 고추가 널려 청명한 하늘과 대조를 이루면 전형적인 농촌의 가을 그림이 완성된다. 그렇게 낮이 지나 밤이 되면 풀벌레들의 연주가 시작된다. 맑게 비어 있는 적막한 공간에 올올이 소리의 사방 연속무늬를 짜 넣은 풀벌레들. 풀벌레들이 펼치는 소리의 실타래 끝엔 몇 만 년 산의 명상이 달빛이 물들어 있다. 끝도 없이 이어지는 풀벌레 소리, 깊어 가는 달빛고요. 누군가 목관악기라도 불 듯한데 소슬바람만 벼 향기를 쓸고 가는 들녘으로 희다 못해 푸르초롬한 빛을 뿜어내는 박꽃이 눈에 띈다.

밤에는 모든 꽃들이 제 모습을 감추지만 박꽃은 어둠 속에서 그 자태를 드러낸다. 산등성, 밭두렁 어느 곳을 가리지 않고 자라는 박

맛 멋 흥 한국에 취하다

은 농촌에서 흔히 볼 수 있지만 꽃만은 함부로 대할 수 없다. 그것은 달밤에 임을 기다리는 여인의 모습이다. 흰 모시 차림의 여인이 반달이 방 문에 물든 달빛을 바라보며 임 생각에 빠져 있다. 저물녘에 피어나 밤새도록 어둠 속에 흰 빛을 뿜고 있는 그 모습은 소박하나 정갈하고, 날렵하나 강인해 보이며, 처연하지만 의연한 기품을 지니고 있다. 호박꽃이 황금빛 별을 닮은 낮의 꽃이라면 박꽃은 달빛이 몸에 밴 밤의 꽃이다. 수수하기 이를 데 없으나 맑음과 고독으로 닦아낸 영혼이 어둠 속에서 빛을 뿜어낸다. 가을 밤 이슬을 머금고 피어난 박꽃을 보라. 오랜 그리움을 견디고 견뎌 한(恨)마저 삭여 고요한 대금 산조 가락이 되어 임의 마음을 어루만져 주는 그 맑은 눈물을. 한국 여인의 은장도 빛 순수의 넋을. 어둠 속에 결연히 내뿜는 순백의 정결을. 눈물어린 박꽃의 고백을.

박꽃은 또한 이른 아침 샘터에서 물을 길어온 여인네가 장독대에 단정히 꿇어앉아 상 위에 하얀 백자대접을 받쳐놓고 지성으로 기구하는 모습을 연상케 한다. 희디 흰 빛깔은 고독 속에 홀로 간직한 청순미와 함께 무섭증이 들도록 섬뜩하면서도 마음을 끄는 가련미를 풍긴다. 대부분의 꽃이 화사한 웃음을 머금고 있는 것 같은 데 반해 박꽃은 눈물과 비애미를 간직하고 있다. 남들이 모두 잠든 밤에 피어 있는 박꽃의 모습에서 우리는 어머니나 누이를 생각하게 된다.

박꽃은 우리 겨레 마음의 텃밭에서 덩굴을 뻗어나가 가을 들판에 피어난다. 박꽃의 순수함과 비애미를 함축한 강렬한 인상은 민족 정서의 일면을 보여준다. 보라, 안으로 안으로 다스려 온 그리움을.

박은 바가지로 남아 생명을 이어간다. 바가지는 우리 민족이 수천 년에 걸쳐 사용해 온 생활 용구로, 소박하고 은근한 정감을 가슴으로 느끼게 하는 물건이다. 우리 겨레에게 바가지처럼 다양하게 쓰여온 용구도 없을 것이다. 물과 곡식을 퍼내고 담는 그릇으로도 제격이었지만 탈을 만들어 생활의 흥취를 불러일으키기도 했다. 이렇듯 우리 겨레의 마음에 소중한 모습으로, 그리고 정겨운 가을서정으로 자리잡고 있는 박꽃 같은 여인을 만나고 싶다.

꿈을 간직한
민들레

　　민들레는 국화과에 딸린 다년생 화초로, 노란 꽃과 대가 금비녀를 상징한다고 해서 금잠초라 불리기도 한다. 야생초답게 뿌리가 굵고 포기가 커서 대지에 단단히 뿌리 내리고, 줄기는 땅바닥으로 넓게 퍼져 있어 어떠한 폭풍우에도 끄떡없다. 이른 봄에 꽃을 피워내지만 겨우내 언 땅이 녹고 아지랑이가 아물거릴 즈음 양지 쪽에서 줄기부터 솟아나기 시작한다. 줄기를 자르면 속이 비어 있고 그 속에선 젖 같은 흰 물이 나는데, 아기 키우는 어머니처럼 젖처럼 느껴진다. 줄기는 꽃봉오리가 맺힐 때는 짧으나 꽃이 필 때가 되면 단단해지면서 키도 제법 자라난다.

　　민들레는 여러 가지 면에서 다른 식물에선 볼 수 없는 특이한 생태를 보여준다. 특히 꽃은 햇볕을 받으면 활짝 피어나지만 흐린 날씨나 저녁, 밤에는 오므라든다. 그리고 다음 날 아침 눈부신 태양이 떠오르면 비로소 방시시 피어난다.

민들레는 이름부터 순박한 인상을 준다. 꽃이 여인이라면 민들레는 귀부인이 아닌, 화장조차 하지 않은 촌색시이거나 아낙네요, 남의 마음을 사로잡거나 유혹하는 아름다운 여인이 아닌 이른 아침 샘터에 물을 길러 온 순박하고 해맑은 아가씨다. 남의 눈을 끌 만큼 어여쁘거나 날씬하지도 않으며 그렇다고 향기롭지도 못하다. 유달리 눈을 끌거나 어여쁜 꽃은 사람의 마음을 현혹하기는 하나 곧 싫증이 나고, 제 홀로 잘난 체 뽐내는 꽃도 미상불 좋지는 않다.

하지만 민들레는 어여쁘지는 않지만 볼수록 귀염성이 있다. 천진하고 인정스러워 아무리 잘못을 저질러도 화내지 않을 듯하다. 남자가 장가를 간다면 민들레 같은 여인을 아내로 맞으면 행복하리라. 민들레를 보고 있으면 방글방글 웃는 넉넉한 얼굴이 떠올라 마음이 편안해진다. 민들레의 꾸밈없는 웃음은 찌개를 끓여 들여오는 아내의 미소처럼 포근하고, 할머니가 들려주던 옛날이야기처럼 구수하고 동화적인 분위기를 자아낸다.

민들레는 사람이 가꾸는 꽃이 아니다. 꽃은 꽃이되 아무도 이를 꽃밭에 심어 즐기지 않는다. 꽃이라 불리는 것조차 수줍어하는 풀꽃이요, 쇠똥 떨어진 길섶이나 보리밭 두렁 등 우리 강산 어느 곳이나 가리지 않고 피어나는 흔하디 흔한 야생의 꽃이다. 구름 속에서 거꾸로 떨어지며 읊조리는 종달새 노래가 닿는 곳, 초록화살의 보리가 패는 논두렁, 도랑물 졸졸 줄지어 소풍가는 도랑가, 쑥 향기 상큼한 언덕, 무심히 길가다 네 잎의 클로버를 찾던 길섶에 민들레는 아리잠직 웃고 있다.

민들레는 꿈이 있다. 다른 꽃들은 피었다가 보기 싫게 시들어 버리지만 민들레는 노란 꽃이 지는가 싶으면 더 아름다운 하얀 꽃으로 되살아난다. 낙하산 모양의 이 하얀 꽃송이들은 볕 좋고 청명한 봄날 싱그러운 훈풍에 날려 훨훨 하늘을 난다. 민들레 씨앗은 낙하산 모양의 갓털로, 어미 꽃과 작별을 고하고 꽃내 실어오는 봄바람을 타고 공중으로 훨훨 날아간다. 오직 혼자의 힘으로 바람에 날리어 예측할 수 없는 곳에 닿아 또 다른 생명으로 싹튼다. 자연과 생명의 신비가 일체되는 광경이다. 아마도 민들레는 하늘을 훨훨 나는 꿈으로 일생을 살아가는지도 모른다.

비가 오면 갓털은 희한하게도 우산처럼 닫혀 버린다. 갓털 하나하나가 마르면 벌어지고 젖으면 닫히도록 신묘하게 만들어져 있다. 여름이 되면 다른 식물들은 가장 싱그러운 잎새를 지니건만 민들레는 이미 갓털을 날려 보내고 시들 준비를 시작한다. 그렇다고 죽었냐 하면 그렇지 않다. 가을이 되면 또 다시 새잎이 돋아난다. 따뜻한 양지 쪽에서는 보리와 함께 푸른 잎을 지닌 채 그대로 추운 겨울을 나는 강인한 식물이다.

민들레꽃은 해의 얼굴을 닮았다. 꽃은 약 사흘 동안 피었다가 지는데, 꽃이 지면 줄기는 더 자라서 옆으로 눕는다. 씨앗이 여물 때가 되면 줄기는 바로 세워져서 키도 훨씬 커진다. 정성 들인 씨앗을 잘 건조시켜 여물게 하려는 속셈이다. 오만하지 않고 차지 않으며, 화려하지 않고 그저 그만큼 제 모양을 갖춘 풍성하고 여유 있는 모습이다.

민들레 같은 삶을 배우고 싶다. 민들레 같은 일생을 갖고 싶다. 무언가 외로워지는 봄날이면 민들레를 찾아 나서고 싶다. 잡초 속에서 홀로라도 외롭지 않은 민들레를 만나고 싶다. 한 포기에서도 씨앗 달린 수백 개의 갓털을 날려 보내는 민들레의 꿈을 바라보고 싶다.

맛 멋 흥 한국에 취하다

순교자처럼 숭고하고 거룩한 정신, 무궁화

우리나라의 여름은 유난히 길고 무덥다. 땡볕이 쏟아지는 한낮이면 만물이 지쳐 기진맥진해진다. 작열하는 해를 감히 바로 쳐다볼 수 없다. 그 기세가 마치 폭군과 같아 아무도 저항하지 못한다. 그저 간신히 몸을 추스르며 노염(老炎)이 물러가기만을 기다릴 뿐이다.

무궁화는 천삼백 도의 불길에서 생명을 얻어 탄생하는 도자기처럼 불볕 속에서 아리따운 자태를 드리우는 꽃이다. 같은 여름 꽃인 나팔꽃은 불과 몇 시간 피었다가 해가 뜨면 시들고 말지만 무궁화는 새벽부터 저녁 늦게까지 하루 내내 그 자태를 자랑한다. 다섯 장의 꽃잎은 비단처럼 부드러우나 푹푹 찌는 땡볕에도 자태를 흐트러트리지 않는다. 뭇 꽃들이 열흘쯤 피었다 지지만 무궁화는 여름 내내 꽃송이를 연이어 피워 초가을까지 1백여 일 동안 아름다움을 드러낸다. 눈보라 속에 가장 먼저 피는 매화나 무서리 속에 가장 늦게 피는 국화에서 군자의 절의와 기풍이 느껴진다면 지글 지글 타는 폭염을 이겨내고 1백여 일 동안 피는 무궁화에서는 불굴의 정신과 기개, 고결한 기품이 엿보인다.

무궁화는 이런 여름철에 눈을 황홀하게 해주는 꽃으로, 새벽 서기를 받으며 아무도 모르게 피어나는 빛의 꽃이기도 하다. 고아하고 정결한 맵시는 한없이 부드러우나 함부로 대할 수 없는 기개를 품고 있다. 은은한 색조에 고결한 기풍을 띤 모습이 무더운 여름날을 맑고 산뜻하게 만들어 준다.

35도가 넘는 이상 기온이 20여 일간 지속되던 어느 날, 길에서 무심코 무궁화를 만나는 기쁨을 맛보았다. 찌는 듯한 날씨, 숨조차 제대로 쉬지 못하는 때에 눈앞에 우아한 모시 차림의 귀공자가 보란 듯이 웃고 있었다. 불볕 속에 홀로 온화하고 평화로운 얼굴로 웃고 있다니 뜻밖의 경이요, 신선한 충격이었다. 백단심(白丹心)과 홍단심(紅丹心) 두 종이었다. 백단심은 목련과 백장미를 합해 놓은 듯 순결과 결백의 표정 속에 부드러움과 평화의 얼굴을 담은 채 안으로 피처럼 붉은 마음을 적셔 놓았다. 홍단심은 신비스런 보랏빛 속에 꽃술 주변에 타는 듯한 붉은 마음을 흠씬 물들여 놓았다. 흰 꽃은 때 묻지 않은 백자 같았고, 보라꽃은 청자를 닮은 듯했다.

　　　　　　　　　맛 멋 홍 한국에 취하다

무궁화는 꽃잎 속에 황금빛 촛불인 양 굵은 꽃술을 지녔다. 은은한 색깔에 돋아 있는 그것이 눈을 황홀하게 한다. 안쪽에 감도는 불그스름한 빛깔은 변하지 않는 마음을 안으로 품고 있다. 다른 꽃들은 저마다 아름다운 빛깔을 뽐내거나 단색의 단조로운 모습을 보일 뿐이지만, 무궁화만은 꽃잎 바깥쪽과 안쪽, 꽃술의 세 가지 빛깔이 한데 어울려 종소리처럼 번져가는 듯한 매력을 지녔다. 무궁화를 보고 있으면 동해의 해돋이 광경이 떠오른다. 어둠 속의 바다가 여명으로 투명해지면서 붉고 해맑은 해가 솟아오르는 모습과 표정, 그 순간의 황홀과 신비, 광명을 맞아들여 피어난 것이 무궁화가 아닐까 싶다.

불볕더위를 버티고 견뎌 오히려 무색하게 만들고 만물의 생기를 되살려 주는 꽃, 여름 한낮을 경이와 우아함으로 채워주는 꽃. 뭇꽃들은 피어있을 적엔 찬탄의 대상이지만 땅에 떨어진 모습은 가련하다 못해 추하다. 목련과 장미도 지고 말면 시커멓게 변색되고 늙어빠진 작부처럼 볼품이 없어진다. 하지만 무궁화만은 땅에 떨어질 때도 우산처럼 자신의 몸을 단정하게 닫아 추한 모습을 보이지 않는다.

여름 불볕에도 쉴 새 없이 피는 무궁화가 있는 한 우리 겨레는 그 아름다움을 자자손손 꽃피워 갈 수 있으리라. 폭염 속에 환한 모습으로 핀 순교자처럼 숭고하고 거룩한 정신으로 말이다. 담금질하여 더욱 단단해진 강철처럼 무궁화가 지닌 불변의 자태와 정신을 찬양한다. 이런 민중적인 공감대 속에 무궁화는 지금까지 우리의 마음속에 피어나고 있다. 영원히 겨레의 꽃으로.

아리잠직한 어여쁨 속 은근한 향기,
구절초 꽃

구절초 꽃은 가을이면 산비탈이나 시골길가에 흔하게 피어나 우리나라의 산과 들을 향기롭게 해주는 꽃이다. 가을 산야의 어느 곳에나 피지만 정원에서 가꾸는 꽃보다 순결하고 고결한 얼굴을 지녔다. 청순하면서도 온화한 기품, 욕심을 비워낸 무욕의 마음에서 피워 올린 미소와 향기까지 품었다. 우리나라의 가을이 더욱 인상 깊은 것은 티끌 하나 묻지 않은 맑은 하늘과 산야에 피어나는 구절초 꽃이 있어서이기도 하다.

볼수록 삼삼하고 소박한 가운데 아리잠직한 어여쁨을 간직한 채 은근하게 향기를 뿌리는 구절초 꽃엔 맑은 영혼이 비출 것만 같다. 한없이 맑고 푸른 하늘과 수수한 차림새의 구절초 꽃으로 가을은 더 청명해지고, 그리움은 깊어져 간다. 이런 밤이면 풀벌레들은 구절초 꽃향기를 맡으며 애잔한 목소리로 마음의 실타래를 풀어낸다.

구절초는 청순한 소녀 같은 꽃이다. 첫눈에 요염하거나 황홀한 느낌으로 마음을 사로잡는 꽃들과는 달리 잠잠히 눈동자를 들여다봐야만 마음이 닿아오고, 눈을 맞추면 근심도 씻어질 듯 맑아지고 편안해짐을 느낀다. 영혼이 맑은 덕분이다. 화장으로 눈길을 끌려는 기색 없이 진실과 순수의 얼굴을 보일 뿐이다. 애써 보이려는 아름다움이 아닌 눈에 띄지 않는 어여쁨을 지니고 있다. 가을의 찬 서리 속에서도 은근하고 담담한 얼굴에 평온의 미소를 띠우고 있다. 장식하고 화장하여 맵시를 낸 꽃과는 달리 금방 옹달샘에 세수를 하고 난 얼굴처럼 산뜻하다.

구절초 꽃을 보면 마음이 향기로워진다. 어느 날 국립중앙박물관에서 본 고려청자에 구절초 꽃이 피어 향기를 뿌리고 있었다. 하늘을 향해 바치는 꽃향기인 듯했다.

구절초 꽃은 술과 차의 재료이기도 하다. 꽃이 피었을 때 줄기를 채취하여 벽에 매달아 말린 것을 술에 넣으면 구절초 술이 되고, 이것을 썰어 끓인 물에 우려내면 구절초 차가 된다. 은은하고 맑은 향을 품은 구절초 차와 술엔 우리나라 가을의 미각이 담겨 있다.

나도 인생의 가을을 맞고 있다. 맑은 가을 하늘을 바라보는 구절초 꽃 같은 맑은 표정과 향기를 갖고 싶다.

고독 속에 묻혀 피워낸 붉은 혼불,
꽃무릇

　세상에서 하나뿐인 꽃의 축제에 갔다. 꽃을 보는 순간 안으로 끓어오르는 눈물이 샘솟음을 느꼈다. 처음 보는 꽃, 아름다워서 더 애처로운 모습을 유심히 쳐다보았다.

　풀섶에 묻혀 알게 모르게 피고 지는 들꽃이 아니었다. 9월 중순, 광주에 간 길에 문우들의 안내로 찾아간 곳이 '꽃무릇 축제'가 열린다는 함평군 해보면이었다. 고찰(古刹) 용천사가 있는 주변의 야산과 자그마한 호수 주변에 잎도 없이 무더기로 핀 꽃무릇이 산비탈을 온통 붉게 물들이고 있었다.

　꽃무릇은 우리나라 고창 선운사와 함평 용천사 등 전라도 특정 지역에만 군락을 이뤄 피는 희귀한 꽃이자 그 자태가 준수하고 진귀해 꽃에 대한 사고의 영역을 넓혀주는 신비를 지닌 꽃이다. 그중에서도 용천사 주변은 우리나라 최대의 꽃무릇 자생 군락지로, '꽃무릇 공원'으로 정해져 꽃이 피는 무렵인 9~10월이면 많은 사람들이 찾는다. 이때가 되면 사찰 주변은 무더기로 피어난 꽃무릇들로 별유천지(別有天地)가 된다. 야산에 피어난 꽃무릇을 보며 산길을 따라 천천히 걷는 기분은 황홀 그 자체다.

여름에 잎이 다 말라죽고 난 뒤 가을에 꽃이 피어 꽃과 잎이 만나지 못한다 하여 '상사화'라 부르는 사람들도 있지만 상사화가 우리나라 꽃이라면 꽃무릇은 일본이 원산지다. 꽃말 역시 상사화가 '이룰 수 없는 사랑'이라면 꽃무릇은 '슬픈 사랑'이라는 의미를 담고 있다. 다만 잎과 꽃이 서로 만나지 못한다는 점에서는 같으며, 꽃술이 꽃잎을 에워싸고 있어 범접하지 못할 아름다움을 보여준다.

볼수록 신기한 꽃이다. 꽃이란 아름다움과 의미의 절정이고, 나비나 바람의 힘을 빌어 수정을 위한 일념에서 꽃피울 날을 고대하지 않던가. 하지만 꽃무릇은 잎과 꽃이 만나지 못하는 애절함에 향기마저 없어 벌과 나비를 불러들이지 못한다. 종내는 열매마저도 얻지 못하니 어찌 보면 비극적인 꽃이다. 하지만 온 정성을 모아 연두색 꽃대 하나를 치켜세운 끝에 잎도 없이 한 송이 꽃을 피워내는 꽃무릇의 정신은 순수하고 장엄하다. 순결한 소망을 향해 타오르는 촛불 같기도 하고, 부처 앞에 합장하는 기도자의 자태 같기도

맛 멋 흥 한국에 취하다

하다. 고독 속에 묻혀 저토록 붉은 혼불 같은 꽃을 피워 놓지 않았
는가. 임과의 만남, 그리고 행복도 멀리 하고 종내엔 열매 맺는 일
조차 버림으로써 자신마저 초월하였다. 붉은 꽃잎과 긴 꽃술은 섬
세하고 정교하기 그지없고, 순교자의 의연한 자태를 지녔다.

향기 없는 꽃, 열매 맺지 않는 꽃을 진정 꽃이라 할 수 있을까.
그러나 꽃무릇은 어떤 것도 바라지 않고 꽃 자체이고자 했나 보다.
나비와 향기와 열매를 바라는 일생이 아니라 한 송이 깨달음이란
꽃을 피우는 데 집중력을 기울여 온 것이다. 여느 꽃에서 느끼는
아름다움을 넘어 선각자의 깨달음과 같은 엄숙함과 영혼의 눈빛
이 느껴진다. 그래서 비록 향기는 없을지언정 찬탄의 대상이 되고
있다.

꽃무릇은 꽃이 무리지어 핀다 해서 꽃무릇이라 하며, 돌 틈에서
나오는 마늘 종모양을 닮았다 하여 석산화(石蒜華)라 불리기도 한
다. 하지만 '석산'이란 이름보다는 북한에서도 쓰는 '꽃무릇'이란
이름이 더 어울린다. 솔밭 밑에 지천으로 핀 꽃무릇은 참선 수도하
는 스님처럼 초연하다. 붉은 꽃잎이 연약한 듯 강인해 보이고, 손댈
수 없는 위엄을 발산한다. 벌, 나비가 함부로 넘나들도록 허용하는
꽃이 아니라 오로지 깨달음 끝에 피어난 꽃이라 인가(人家)가 아닌
사찰 주변에 심어진 것이 아닐까 싶기도 하다.

꽃무릇이 필 때를 택해 축제를 여는 것은 아름다운 일이다. 꽃무릇으로 말미암아 호숫가 음식점에 앉아 문우들과 함께 막걸리를 마시는 운치를 만끽할 수 있다. 모든 것을 떨쳐버리고 집중력을 기울여 깨달음의 한 송이, 한 송이를 피운 꽃무릇, 나는 그렇게 9월의 야산을 붉게 물들인 적멸보궁(寂滅寶宮)의 촛불들을 오래오래 바라보고 있었다. 꽃무릇을 보면서 막걸리 때문인지, 빗방울 때문인지 뜨거운 눈물이 솟아오르는 것을 느꼈다. 전라도 산수와 막걸리에 취하고, 꽃무릇에 정신을 팔렸나 보다.

맛 멋 홍 한국에 취하다

녹음을 파고드는 분홍빛,
배롱꽃과 자귀꽃

8월은 여름의 막바지이만 일 년으로 말하자면 성숙과 성장의 호르몬이 자르르 흐르고 얼굴엔 청년의 열기로 가득 찬 달이다. 열기와 젊음이 충만하면 오히려 제 풀에 지친다. 나뭇잎새의 빛깔도 푸르딩딩해져 초록을 보는 것도 무덤덤하다. 뜨거운 뙤약볕에 만물이 축 늘어져 맥을 못 추는 여름철엔 꽃도 눈길을 받기 어렵다.

배롱꽃과 자귀꽃은 사방이 녹색이어서 지치는 여름에 분홍빛으로 피어난다. 무궁화와 더불어 우리나라의 대표적인 여름 꽃이 아닌가 한다. 배롱나무는 백 일간 핀다 하여 '목백일홍'이라고도 불리며 홍자색과 흰색 꽃을 피운다. 나무껍질이 사람의 살결과 같다 하여 '간즈름나무'라고도 하는데, 나무껍질을 손으로 긁으면 잎이 움직인다. 배롱나무는 남쪽 지방에서 관상용으로 재배되어 재실,

산소 등에 많이 심어져 어느덧 그런 곳에서만 보이는 꽃으로만 인식돼 왔으나 근래엔 도시의 가로수로도 등장하고 있다. 봄철과 달리 탐탁한 꽃이 없는 무료한 여름날에 시민들의 눈을 씻어주기 위해 이 꽃을 심어놓은 것이다. 배롱꽃을 무덤 근처에 심는 것으로만 알아 도심에 있는 것을 납득하지 못하는 사람들도 있다고 한다. 봄이면 온갖 꽃들이 피어나고 가을이면 단풍으로 채색되건만 여름 산소는 녹색에 파묻혀 허전하기 짝이 없다. 이때 초록 속에 백 일간이나 홍자색 꽃을 피우는 배롱나무는 허전한 산에 안성맞춤이다. 염천으로 인한 나태와 피로를 풀어주기 위해 무덤에서 깨어나 도시로 나온 꽃이다.

무덥고 답답한 농촌의 여름, 초록빛으로 변해 버린 산야에 눈을 황홀하게 해 주는 또 하나의 꽃이 있다. 나뭇가지에 분홍빛 깃털로 만든 작은 우산을 펼친 듯 매달린 자귀꽃이 그것이다. 나른한 여름 한낮, 속눈썹이 긴 소녀의 눈동자를 들여다보는 듯한 신비로운 꽃과 대면할 수 있다는 것은 기쁨이 아닐 수 없다. 자귀꽃을 바라보면 사춘기 때 소녀와 눈맞춤 하던 순간에 빠지고 만다. 나이도 잊어버린 채 분홍빛 연정이 물들어 옴을 느낀다. 속눈썹은 이마에 닿는 듯하고 눈동자는 물오른 속삭임으로 깜박거린다.

자귀꽃은 생김새가 퍽 이색적이다. 꽃받침과 화관은 얕게 다섯

맛 멋 흥 한국에 취하다

개로 갈라지고 녹색이 돌지만 수술은 길게 밖으로 뻗어나 분홍색을 띤다. 자귀나무 꽃이 분홍색으로 보이는 것은 수술의 빛깔 때문이다. 여느 꽃들은 꽃의 빛깔이 뚜렷하지만 자귀나무 꽃은 수십 개의 수술이 모여 분홍 빛깔을 이루기 때문에 투명한 분홍이고 빛이 투과하여 빛을 뿜어내는 듯하다. 마치 나무 한 그루에 수천 개 분홍 촛불을 켜놓은 것처럼. 수많은 꽃들을 보아왔지만 자귀나무 꽃처럼 신기로운 꽃을 보진 못했다. 우리나라 산야에 이처럼 황홀하고 눈부신 꽃이 있다는 걸 예전에 미처 알지 못했다.

자귀꽃은 밤이면 조용히 꽃잎을 오므린다. 꽃의 분홍빛 수술은 분을 바르는 붓털보다 더 부드럽고 섬세하다. 미세한 마음의 감촉까지 느껴질 듯하다. 아마도 이 세상에서 가장 부드럽고 섬세한 꽃이 자귀꽃이 아닐까 한다. 강렬한 여름의 뙤약볕이 아닌 다사롭고 은근하며 무언가 속삭일 듯한 햇살의 감촉이다. 모두가 지쳐서 숨을 몰아쉬는 한여름에 자귀꽃이 주는 부드러움과 신비로움은 여름의 경이이자 선물이다.

꽃의 빛깔과 향기는 진하지도 연하지도 않고 은은하다. 자귀꽃은 처음으로 얼굴에 크림을 발라 본 열여섯 살 소녀의 살내음을 풍긴다. 코에 갖다 대면 상큼하고 은근하며 부드럽고 깊은 향이 난다. 이것은 순수와 밝음에서 풍겨오는 향기일 것이다. 그런 중에도 아런한 그리움의 향기를 띄고 있어 무미건조하지 않다.

　이룰 수 없는 꿈이 될지 알 수 없어도 정원이 있는 집을 갖게 된다면 자귀꽃을 맞아들이고 싶다. 그들로 여름을 가장 부드럽고 은은한 빛깔과 향기로 채우고 싶다. 삶이 새로워지고 순수에의 설렘이 생기고 아름다운 꿈의 눈동자를 들여다보고 싶다. 분홍빛 촛불을 가지마다 초롱초롱 매달아 놓고 싶다.

영원한 노스탤지어,
목련

첫 기억을 완전히 되살려 낼 수는 없으리라. 그것은 사진처럼 분명한 사실화가 아니요, 많은 공간을 여백으로 남겨둠으로 더욱 향기를 내는 동양화를 닮았다. 어쩌면 희미한 기억의 알맹이들이 하나 둘 모여 만든 모자이크일지도 모른다.

나는 내 인생의 첫 페이지인 첫 기억을 사랑한다. 그것은 나에게 영원한 노스탤지어다. 나는 꽃을 보면 무슨 꽃이든 그 냄새를 맡아 보고 싶다. 향기를 맡아 보면 어머니 치맛자락처럼 부드럽고 향긋하게 묻혀오는 꽃향기에 내 어린 시절이 목련 꽃내로 되살아온다.

그렇다, 목련꽃내로 시작되는 내 첫 기억을 되살려보는 것은 향기로운 일이다. 그럼 나는 금방 시름을 떨쳐버리고 머리에 꽃관을 쓴 어린 왕자가 되어 대문 밖을 나선다.

내 첫 기억은 다섯 살로 돌아간다. 화창한 봄날이면 집 앞 도립 병원에는 갖가지 꽃들이 흐드러지게 피었다. 나는 외할머니의 등을 타고 병원으로 놀러 갔다. 외할머니는 첫 손주인 나를 보살피기 위해 우리 집에 와 계셨다. 살랑바람은 나비처럼 너울너울 춤추며 내 머리카락을 스쳐갔고, 목련나무 가지에 걸터앉은 새들은 비비롱비비롱 노래를 불러 주었는지 어쨌는지 모르지만 청명한 봄날 아침이었으니 확실히 나에게 고운 노래를 불러 주었을 것이라 생각한다.

두 개의 병동 앞뒤 화단, 그 주위로 배나무, 살구나무, 수십 그루의 벚꽃나무가 있었다. 하지만 내가 가장 반한 것은 동쪽 병실 옆 우물가에 아름드리 선 목련나무였다. 내가 확실히 기억하는 것은 흰 목련나무 아래서 외할머니에게 꽃을 꺾어 달라고 조른 것이다. 할머니는 계속 머뭇거리시다 어쩔 수 없이 나를 업은 채 발을 들어 나뭇가지에 손을 뻗었다.

그 순간 갑자기 등 뒤에서 흰 옷을 입은 남자가 나타나 할머니께 화를 냈다. 그러더니 할머니는 혀를 쯧쯧 차며 "인석아, 너 때문에 내가 이 남(나무)에 목을 맬까?" 하시면서 내 엉덩이를 철썩 때리셨다. 지금 생각해 보니 갑작스런 사람의 등장에 무안하셨던가 보다. 나는 그만 울음을 터트리고 말았다. 우는 나의 손엔 목련 한 송

맛 멋 흥 한국에 취하다

이가 들려졌고, 그렇게 집으로 돌아왔다. 이상하게, 손에 든 목련꽃 향내가 참 좋았다. 나중에 안 일이지만 흰 옷을 입은 남자는 의사였다. 이 짧디 짧은 꽃내 나는 첫 기억을 나는 두고두고 아끼며 사랑한다.

꽃바람이 스미는 봄이면 나는 곧잘 목련꽃을 생각하며 내 첫 기억을 떠올린다. 무어라 해도 내 인생은 꽃향기로 시작되었으니 꽃내처럼 향기로운 일생을 마칠 거라고 믿으면서 말이다. 아무리 어수선한 마음도 첫 기억을 되살려 보면 가슴이 맑아지고 목련꽃 향내가 스며오는 것을 느낀다. 전생에 목련꽃과 인연이 있었나 생각될 정도다.

일곱 살 되던 해 봄날, 그날도 나는 옆집 아이와 집 앞 도립병원으로 놀러갔다. 우리는 목련나무 아래서 만발한 목련꽃을 올려다보았다. 꽃은 꽃대로 무리를 이루고, 무리는 무리대로 어울려 하얀 꽃덩어리를 이루고 있었다. "아, 꽃 하나 땄으면……." 친구는 침을 꼴깍 삼키며 말했다. 그 말에 나는 살그머니 신발을 벗어 나무를 향해 냅다 던져 올렸다. 하지만 고무신은 맨 아래 있던 꽃잎 몇 장을 건드렸을 뿐 그대로 떨어졌다. 실망이 컸다. 나는 다시 마음을 다져먹고 힘껏 팔매질을 했다. 꽃송이 두 개가 톡 떨어졌다. 나는 달려가 그것을 얼른 주었다. 부서진 꽃술에서 떨어져 나온 꽃가루가 묻었지만 향긋한 꽃내가 물씬 풍겼다. 나는 저절로 신명이 나 친구의 손에 꽃송이를 쥐어 주었다. 그리고는 다시 고무신을 들어 팔을 빙빙 돌렸다. 그리고 에잇 던지려는 순간 내 손목을 잡는 큼 직한 손에 깜짝 소스라쳐 놀랐다.

"이놈, 잡았다."

두 다리를 잡힌 여치처럼 가슴이 쿵쿵 방아질을 했다. 가만히 돌 아다보니 흰 가운을 입은 간호사였다. 나는 간호사의 손을 뿌리치 기위해 바동거렸다.

"놓아, 놓아……."

"또 꺾을 테냐?"

나는 울상이 되었다.

"다시 안 그런다고 하면 용서해 줄게."

"놓아, 놓아……."

울음이 터지려는 나를 보고 간호사는 그만 팔을 풀어 주었다. 나 는 다리 하나를 떼인 채 실에서 풀려난 잠자리처럼 재빨리 도망을 쳤다.

목련꽃을 탐하던 내 첫 기억의 도립병원은 나에겐 언제나 노스 챌지어의 언덕이며 추억의 성지다. 나는 가끔 그곳에 가 한 장의 풍경화가 돼 버린 첫 기억을 안아보곤 한다. 비록 지금은 내 인생 의 첫 페이지에 꽃내를 불어넣어 준 목련나무는 자취 없이 사라지

맛 멋 흥 한국에 취하다

고 측백나무가 그 자릴 대신하고 있지만 외할머니가 인도해 해 준 목련꽃의 첫 기억이 있는 한 내 마음은 결코 어둡지 않다. 늘 맑고 정결한 목련꽃 향기를 간직하며 살고 싶다.

소박하게 일생을 꽃피우는
작은 풀꽃들

풀꽃들을 보면 바람의 숨결과 이슬의 감촉이 느껴진다. 보는 것만으로도 너무나 순진하고 착해서 눈물이 핑 돌 것만 같은 풀꽃들이 낯설지 않은 것은 언젠가 대지의 품으로 돌아가게 됐을 때 무덤가에서 웃어줄 꽃이기 때문일까.

풀더미 속에서 누구의 눈길도 받지 못하고, 이름 한 번 불리어지지 않을 듯 부끄럼 잔뜩 머금은 풀꽃들을 보면 가만히 다가가 귀엣말을 나누고 싶다. 풀꽃의 표정은 시골 아낙네처럼 수수하다. 치장을 하지 않아 눈을 끌진 못하지만 순박하고 단아한 모습이 여간 정이 가는 게 아니다. 애써 가꾸고 기른 꽃이 아니라 땅기운과 물의 힘을 받아 소박하지만 소담스런 일생을 피어 놓은 까닭일 것이다. 그네들을 보고 있노라면 눈치 보지 않고 자신이 발견하고 깨달은 삶의 이치와 의미를 담아놓은 듯해 대견스럽기까지 하다.

우리 풀꽃들의 이름들엔 맑고 천진한 눈매가 있다. 은근한 그리움의 향내가 있다. 개불알풀, 큰개불알풀, 노루오줌, 쥐오줌풀, 넓은잎쥐오줌풀……. 어떻게 불알, 오줌, 똥을 꽃이름으로 달아 놓았을까. 그런데 더럽거나 역겹기는커녕 친근하고 순수하게 느껴진다. 하찮은 것일지언정 눈썰미 있게 보아온 관심의 발로다.

애기 이름을 붙인 풀꽃도 더러 있다. 애기나리, 애기똥풀, 애기송이풀, 애기제비란꽃……. 이 세상에 애기처럼 순수하고 아름다운 존재가 어디 있으랴. 이름만큼이나 가만히 껴안아 주고 싶은 마음이 일어나는 꽃들이다.

외롭고 고단한 사람들을 위로하고자 하는 마음을 담기도 했다. 며느리밥풀꽃, 며느리배꼽, 홀아비꽃대, 처녀치마……. 소외되고 외로운 사람들에게 먼저 다가서는 마음의 손길이 보인다.

사람들끼리 나누는 체온과 인정만 있는 게 아니고, 이 땅에 살고 있는 새와 짐승들에게도 애정을 나타낸다. 까치수염, 갯까치수염, 큰까치수염……. 하다못해 까치의 수염을 관찰하는 데 있어서도 자세하고 치밀한 눈을 보여준다.

개구리자리, 괭이눈, 봄까치풀, 뱀딸기, 벼룩나물, 범꼬리, 노루

귀……. 이들 풀꽃의 이름에선 자연과 인간의 삶이 하나임을 보여
준다. 동식물들의 생태와 호흡을 기막히게 알고 있는 것이다. 자연
의 모든 생명체와 눈 맞추고 마음 맞춰 조화를 이루고 살아왔음을
느낄 수 있다.

　풀꽃들을 보면 우리 땅의 기운과 말과 눈짓이 느껴진다. 그 안
엔 소박함의 미학과 소외당한 자들을 향한 따스한 손길, 그리고 천
연스러움이 들어 있다. 풀꽃들에 이름을 붙인 이는 누굴까. 산야에
서 삶을 누린 서민들이리라. 이름을 붙였다기보다는 무심결에 던
진 말이 사람들의 공감을 받아 불러지면서 굳어졌을 것이다. 담담
한 눈과 마음으로 평생 이름 한 번 불리어지지 못했을 외로운 풀꽃
들에게 그것은 커다란 선물이었다.

　나는 화려하고 찬란하지 않을지언정 비바람에 뿌리 뽑히지 않
고 제 일생을 온전히 꽃피우는 풀꽃이 되고 싶다. 아무도 알아주지
않아도 흙 속에, 바람 속에, 뿌리내리고 향기를 던지고 싶다. 하나
의 풀꽃이고 싶다. 소박하게 일생을 꽃피우는 풀꽃의 한 이름이면
싶다.

5

한국 계절의
미학

1월의 설렘

　　인간은 나무처럼 1년 단위의 삶을 영위하고 있다. 1년을 다시 4등분하여 봄, 여름, 가을, 겨울을 맞으며 새로움을 수용한다. '1년'이란 시한이 없다면 삶은 얼마나 지루하고 답답할 것인가. 시간에 지친 나머지 '과거'나 '미래'에 대한 설렘은커녕 '오늘'에 낙망하고 말 것이다.

　　새해는 일 년 중 가장 신선한 날이다. 모두가 이 날을 축하하고, 서로의 행복을 빈다. 출발과 새로움을 맞음으로써 삶의 묵은 찌꺼기를 말끔히 버리고, 모두가 새 출발선 앞에 서는 것이다. 눈빛은 희망에 빛나고 가슴은 새로운 각오와 의지로 가득 찬다. 새해 앞에 설 수 있다는 것은 축복이다.

　　그래서일까. 1월이 되면 '시간의 파도를 타는 게 아닐까?' 하는 생각이 든다. 제각기 파도를 타고 세상이란 바다 한가운데로 나가서 떠돌다가 연말이 되면 돌아오게 되니까. 어느 해는 환호성을 지르며 돌아오기도 하고, 어느 해는 패잔병처럼 지친 육신으로 밀려오기도 하지만 말이다. 1월의 가장 큰 의미는 새로움에 대한 자아 발견을 통해 삶을 고양시키고 성숙한 삶으로 나아가는 데 있다.

하지만, 이렇게 기대와 희망을 안고 화려하게 시작한 1월의 신선함은 오래 지속되지 못한다. 새 깃발을 치켜든 기수의 모습과 북소리는 어느덧 잦아지고 무덤덤한 생활에 빠져버린 자신을 발견하게 되는 것이다. 야심차게 시작한 신년 일기 쓰기도 뜸해지고, 함께 세운 계획도 작심삼일이 돼 버렸다. 첨예하고 단단한 각오도 풀어져 나태와 불성실에 빠져버리고 말았다. '출발선에서 호각 소릴 들으며 달려 나온 나는 지금 과연 어디에 서 있는가?' 1월 중순께엔 인생 좌표를 점검하고, 다시금 고개 숙여 신발 끈을 고쳐 매야 한다.

1월엔 몇 번이 되든 출발선에 자신을 세워 가야 할 길을 보고 다시 뛰어야 한다. 힘들고 벅차더라도 포기하거나 주저앉지 말고 걸어서라도 결승선을 통과해야 한다. 일단 시작했으면 가야 한다. '시작한다'는 것은 목표를 정하고 실천을 다짐한다는 뜻이다. 1월은 축복의 달이요, 다시 출발선 위에 서는 달이다. 그 설렘과 새로움으로 인생에 활력을 불어넣어 의미의 깃발을 휘날려 보라.

2월의 겸허

　2월은 기수(旗手) 뒤에 서 있는 키 작은 사람처럼 있는 듯 없는 듯 얼굴이 잘 보이지 않는다. 팔삭둥이처럼 무언가 부족한 느낌이 들고, 햇빛을 환히 받아 웃음 띤 얼굴이 아닌 응달에 얼굴을 숙이고 있는 못난 사람 같다. 제 몫을 챙기지 못한 것 같아 연민의 정마저 느끼게 한다.

　1월이 대망과 희망 속에 위세가 등등하고, 3월이 새봄의 시작으로 탄생을 경험하고 재출발을 도모하는 가운데 환희를 맛보는 달이라면 2월은 그 가운데 끼어 잔뜩 주눅이 든 못난이 같다. 새해 일출의 장엄한 햇살과 우렁찬 나팔 소리, 새출발의 덕담은 어느덧 사라져 버렸다. 그래서인지 데리고 온 의붓자식이거나 소박데기처럼 보이기까지 한다. 기업주는 임금을 주기가 아깝고, 근로자들도 보내기가 시원섭섭하다.

　　　　　　　맛 멋 흥 한국에 취하다

그러나 2월은 성찰의 달이다. 들뜸과 산만함을 버리고 고요하게 자신의 내부를 들여다보아야 한다. '나는 누구이며, 무엇이어야 하는가'를 생각해야 한다. 조용히 자신을 응시하고 자아 성찰을 통해 걸어가야 할 길이 무엇인지를 생각해야 한다. 지금 서 있는 자리가 합당한 자리인지를 점검해야 한다. 그렇다, 2월엔 모두가 팔삭둥이가 되어야 한다. 함량이 부족하다는 것을 느끼고 무엇으로 채울 것인지를 고민해야 한다.

2월은 태어날 때부터 능력과 자질이 부족하기에 황금 같은 2~3일을 떼어 11개의 달에 골고루 나눠주었다. "이제 어떻게 하지?" 파리해진 얼굴의 2월이 추위에 떨며 독백한다. 몸을 잔뜩 움츠리고 있는 꼬마 2월에게 다가가 말해 주고 싶다. "2~3일 부족하다고 해서 항상 뒤지는 건 아니야. 하루하루를 알뜰히 하란 말이야."

남을 의식할 필요 없이 나 자신과 약속할 때다. 조용히 정진하고 성실한 자세로 하루하루 최선을 다하라. 흐지부지 시간을 낭비해선 안 된다. 비어 버린 시간은 내적 성실과 성숙으로 보충해야 한다. 삶에는 연습이 있을 수 없다.

2월엔 출발선을 떠난 자신의 모습을 점검하고 다시금 자신의 갈 길과 방향을 확인해야 할 때다. 꼬리가 잘려 어느새 3월로 넘어서지만 2월엔 생명의 빛깔과 축복의 향기가 깃들어 있다. 생명이 싹트는 봄과 새 학기를 예비하는 달이기 때문이다.

2월이면 나는 인적이 드문 산에 가 보곤 한다. 나무들은 고독과 시련 속에 있지만 고요하고 평온한 표정이다. 모든 거추장스런 욕심과 치장을 버린 진실과 순수의 모습이다. 그 모습이 거룩해 보이기까지 한다. 2월은 잠자고 있는 것이 아니다. 뜨거운 불길로 생명을 잉태하고 있다. 눈에 띄진 않지만 매화 봉오리가 숨을 쉬고 있고, 창백한 나뭇가지엔 어슴푸레 물기가 돌고 있다. 고독과 소외 속에서 찬란한 봄을 예비하고 있는 중이다. 시간이 짧다는 걸 알고 있어선지 최선을 다하려는 결의가 보인다. 이런 2월을 누가 만만하게 본단 말인가.

2월은 보이지 않는 신비다. 죽은 듯 잠자코 있지만 생명을 탄생시키고 환희로 물결치게 할 힘을 비축하기 위해 웅크리고 있을 뿐이다. 나는 그 웅크린 힘의 긴장과 맥박을 좋아한다. 2월은 마음속에 비장한 결의의 은장도를 숨겨 두었다. 집중력을 불어넣어 생명의 불길로 언 땅을 녹이고 천지에 다가올 봄을 필사의 힘으로 열어 제치고 있다. 자신을 내세우지 않는 겸허함과 인내 속에 오늘의 성실로 내일을 여는 슬기를 지닌 달, 그것이 2월의 참다운 가치다.

맛 멋 흥 한국에 취하다

3월의 탄생

    1년의 시작은 1월이지만 계절의 시발은 3월이다. 봄이 시작되는 달로, 만물이 기지개를 켜고 가슴을 펴는 달이다. 3월이 되면 땅 속에서 꽹과리, 날라리, 북소리가 들리고 징소리가 퍼지는 듯하다. 굳게 닫힌 침묵의 문을 열고 누가 지금 어디서 오는가. 싱그럽고 부드러운 미소를 띠고 꽃냄새로 다가오는가. 3월은 기다림 끝에 맞는 임이다.

    3월은 또한 천지개벽의 모습을 보여주는 달로, 이때가 되면 북풍과 한설(寒雪)로 몸을 떨게 하던 바람이 어머니의 표정처럼 유순해지고, 얼어붙었던 땅과 개울도 풀리기 시작한다. 나무는 겨울잠에서 깨어나 눈을 비비며 일어나고, 가지는 잎눈을 맺고 초록빛 꿈을 피우려 하며, 풀은 얼음을 뚫고 눈 속에서 돋아나기 시작한다.

3월은 아무리 억압하려 해도, 막으려 해도 오고야 만다. 해동기
(解冬期)를 맞아 나팔을 불며 북을 치며 환한 햇살 속으로 생명의
빛깔과 향기로 우리 곁으로 온다. 이미 설이 지나고 한 해가 시작
되었지만 진정한 '새 출발'의 느낌을 주는 것은 3월이다. 땅에 봄이
오고 이를 눈으로 확인하는 데서 그것을 실감하게 된다. 그렇다, 봄
은 또 하나의 출발선이다. 겨울의 시련과 고난을 이겨내고 다시 깨
어난다는 것은 얼마나 경이로운 일인가.

빗방울 하나씩으로 가지에 꽃눈이 되고 잎눈이 되고 싶어.

그리운 말, 설레는 말로 네 굳은 가지와 마음속으로 푸른 수액이 되
어 흐르고 싶은 걸.

사납게 울부짖던 바람에도 꿈쩍 않던 나무들에게 생명의 음표들을
달아 주고 싶어.

차가운 마음을 풀어 주고 목과 겨드랑이에 스며들어 간지럼을 태울
거야.

툭툭 깨어나 잎눈이 되고 꽃눈이 되는 생명의 말……

새롭게 피어나는 말, 감동으로 젖어 버리는 말……

생명의 향유를 가져와 언 몸에 뿌리고 쓰다듬어 줘야지.

방울방울 꽃눈이 되고 잎눈이 되어 산과 들판을 물들이고 싶어.

_ 졸작 '3월 봄비' 일부

또한 3월은 기다림과 마중의 달이다. 임이 오시지 않는다 해도 봄은 고운님이다. 어여쁘고 향기롭고 눈부시다. 생명이 탄생하는 거룩하고도 아름다운 순간을 맞이할 수 있는 까닭이다. 겨울 동안 잠잠하던 새들은 새로운 노래를 부르고, 얼어붙어 침묵하던 도랑도 졸졸 소리를 낸다. 죽은 듯 거무죽죽하던 나뭇가지는 움을 틔워 잎눈과 꽃눈을 만들어 낸다. 세상을 변혁시키는 초록 혁명이 소리 없이 진행되고 있는 것이다.

뭐니뭐니해도 3월의 본색은 꽃소식을 전하는 데 있다. 봄에 잠깐 피어난 꽃이 더더욱 반가운 것은 오랫동안 보지 못한 채 기다림 속에 맞는 귀빈(貴賓)이기 때문이다. 봄의 전령사는 설중매(雪中梅)다. 가장 먼저 봄을 맞이하기 위해 겨울의 그 찬바람을 이겨낸 인내와 기상이 고결하다. 이어 한반도 남쪽에 산수유가 핀다. 산수유는 송이송이마다의 어여쁨으로 자태와 향기를 뽐내려 하지 않는다. 분명 꽃이지만 갓 피어난 잎이 아닌가 싶게 나무 전체가 연둣빛을 이룬다. 마침내 봄이 왔음을 알리는 편지다.

3월이 인간에게 하는 말이 있다면, 잎눈과 꽃눈을 피우기 위해선 오래 침묵하고 시련과 기다림을 견뎌내지 않으면 안 된다는 가르침일 것이다. 새로움을 맞이하기 위해선 자기 혁신이 있어야 한다. 3월에 깨어나 나는 무슨 빛깔과 향기와 의미가 될 것인가.

4월의 기적

　　4월의 햇살 속엔 신비음(神秘音)이 있다. 생동의 색채가 있다. 세상을 초록으로 변혁시키는 기적의 손길이 있다.

　　4월의 햇살은 사랑과 생명을 지닌 미소다. 구석이나 모퉁이에서 얼굴조차 내밀지 못하는 생명에게 다가가 귀엣말을 속삭인다. 4월 햇살에는 소생과 부활의 메시지가 들어 있다. 가슴의 약동과 기쁨을 전해 주는 복음(福音)이다. 일시에 천지를 개벽시키는 놀라운 힘은 어디서 오는가. 겨우내 죽은 듯한 식물의 넋을 불러일으켜 세우는 기적은 어디서 오는가.

　　4월 햇살은 땅속에 묻힌 씨앗으로 하여금 언 땅을 뚫는 용기를 준다. 나무의 움들에게 새싹을 틔울 힘을 불어 넣는다. 그렇게 천지 조화의 기운이 솟구치게 만든다. 이 놀라운 변화를 모른 척 무덤덤하게 지낼 순 없다. 모든 생명체에 축복과 기적의 메시지가 내리고 있음을 혼자만 모르고 있어선 안 된다. 이제까지 움츠렸던 마음을 펴고 잎눈과 꽃눈을 피워내야 한다. 세상을 희망으로 채우는 초록 빛을 틔워내야 한다.

4월 봄비는 성장의 활력소다. 그 속에는 세상을 초록색으로 칠해 버리는 거대한 붓이 있다. 4월의 햇살과 봄비를 받아 인간도 나무처럼 되살아나야 한다. 겨울나무가 죽은 듯이 꿈쩍달싹 하지 않은 까닭은 힘을 비축해 새로운 시작을 하기 위해서였다. 성장하고 비약하기 위해선 인내와 용기가 필요하다. 4월엔 모든 생명이 존재감을 나타낸다. 자신의 가치와 의미를 알리기 위해 제 빛깔로 눈을 뜬다.

모든 사람들은 기적을 꿈꾼다. 4월은 찬란한 기적의 달이다. 나에게만 행운이 따르지 않고 나만이 무력한 삶을 보내고 있다고 한탄하는 이가 있다면 4월이 펼쳐내는 대개혁을 보아야 한다. 식물과 곤충이 어떻게 다시 깨어나고 일어서는지 보아야 한다. 죽음을 경험하면서 얻은 용기와 희망이 저 초록빛의 싱싱한 파도가 됨을 목격해야 한다. 그래, 4월엔 한 그루의 나무가 되어 방울방울 잎눈과 꽃눈을 달아야 한다. 내 인생에 발견의 잎새와 깨달음의 꽃을 피워내야 한다. 죽음을 뛰어넘어 새로운 삶을 시작하는 깨달음의 잎새를 틔워내야 한다. 일생을 통해서 과연 어떤 의미의 꽃을 피워낼 것인지를 생각해야 한다. 4월엔 이렇게 스스로 변혁해야 한다.

그렇다고 꽃의 아름다움에만 빠져선 안 된다. 한 그루 나무가 되어 앞으로 어떤 꽃을 피워야 할지 고뇌하지 않아선 안 된다. 4월이 아름답고 위대한 것은 모든 생명체가 저마다 스스로 기적을 드러내기 때문이다. 죽음을 경험하지 않고는 변화할 수 없다. 성숙과 아름다움은 개혁으로 얻어지고, 그것은 내 인생에 가장 큰 감동이 된다. 4월엔 모두 한 그루의 나무가 되어 스스로 잎눈과 꽃눈을 피어내는 기적을 창조해야 한다.

5월의 햇살

　　5월은 봄의 절정이다. 햇살, 하늘, 바람, 기온, 물…… 어느 하나 신비롭지 않은 게 없다. 봄은 겨우내 보이지 않았던 것을 보게 되는 것이요, 침묵과 고독 속에 묻혀 있던 나무들이 깨어나 기지개를 켜고 풀꽃이 피어나는 경이와 신비를 목격하는 것이다. 봄은 새로운 탄생의 기적. 나무는 가지마다 푸르무레, 푸르스레, 푸릇푸릇, 푸르딩딩한 잎을 피워내고, 땅속에 묻힌 씨앗들을 깨워내 존재의 모습을 찾게 만든다.

　　봄 햇살은 만물에 생명의 숨결을 불어 넣는다. 햇살은 사계의 모습을 그려내는 위대한 화가다. 햇빛이 아니고선 어떤 잎도, 꽃도 피워낼 수 없다. 새움은 고통과 인내 속에서 견뎌낸 세월의 선물이다. 새움은 침묵이 피워낸 부활의 말이다. 어둠에서 솟아오른 꿈망울이다.

5월이면 활짝 팔을 벌린 한 그루 나무가 되어 햇살의 노래를 듣고 싶다. 사방으로 가지를 뻗어 하늘을 향해 치솟고 싶다. 얼굴에 가득 웃음을 띠고 환한 햇살과 포옹하고 싶다. 성장이 멈춰버린 지 오래건만 다시금 발꿈치를 올려 키를 재보고 싶다

5월이면 숲으로, 들판으로 나가고 싶다. 아무리 바빠도 새 기운으로 변하는 천지조화의 모습을 보아야 한다. 뾰족뾰족 피워낸 초록 잎새 위로 눈부시고 향기로운 향유를 바른 나무를 보아야 한다. 자신을 뽐내듯 치장하여 봄맞이를 하는 그 모습을 보아야 한다. 어린 나무보다 나이 많은 나무가 더 깊고 풍부한 색을 뽐어낸다. 백년, 이백 년 넘는 노거수(老巨樹)의 늠름하고도 두터운 초록 빛깔엔 어린 나무들이 따를 수 없는 세월의 힘과 지혜가 보인다.

5월엔 신록에 빠져드는 황홀을 경험한다. 이보다 경이로운 모습은 없으리라. 나무의 삶처럼 계절마다 새로움을 구가할 순 없겠지만 사람도 봄마다 초록 잎새를 피워낼 수 있다면 얼마나 좋을까. 그렇게만 될 수 있다면 축복이요, 기적일 것이다. 5월이면 나도 가지마다 방울방울 새 잎눈을 틔워내고 싶다. 육체적으로 늙어 가는 것을 막을 순 없을 테지만 마음만은 초록 잎을 피워내고 싶다. 5월이면 식물처럼 다시 시작하고 싶다.

5월엔 푸른 생각과 말을 쏟아내고 싶다. 살아 있음의 존재감을 드러내며 세상을 찬미하고 싶다. 5월이 와도 나와는 상관없이 지내 온 세월이 있었다. 지치고 무덤덤해져 자연과 계절을 잊고 산 날이 많았다. 세상을 온통 초록으로 바꿔버리는 천지조화의 기적만큼 놀라운 경이와 신비는 없으리라. 죽은 듯한 생물들을 일시에 부활 시키는 것만큼 위대한 힘은 없으리라.

6월의 눈동자

　　노을이 땅에 내려온 듯 자운영 꽃이 들판을 물들이는 6월
이 되면 천지의 색깔들이 숨을 쉬는 소리가 들린다. 일 년의 중심,
어느새 한가운데로 들어와 버렸다. 몸맵시를 내는 성숙한 여인이
요, 머리에 무스를 바르고 티셔츠를 입은 청년의 모습처럼 제법 의
젓한 티가 난다.

　　6월이 되면 보리는 구수한 냄새를 풍기며 들판을 벼에게 물려주
려 한다. 비어 있는 논에는 물이 채워지고, 모내기를 끝낸 논들도
띄엄띄엄 보인다. 본격적인 농사철로 접어들었다. 푸릇푸릇, 푸르
스레, 푸르무레하던 나무들은 좀 더 성숙해져 어린 티를 벗는다. 어
리광을 부리고 귀여움을 독차지하던 시간을 지나 제몫을 감당해야
할 때가 온 것이다. 성장의 가지를 마음껏 벌려 안정과 균형을 취해
야 할 때가 온 것이다. 앞으로 다가올 불볕을 견디고, 장마를 이기

　　　　　　　　　맛 멋 홍 한국에 취하다

고, 태풍에 꺾이지 않으려면 바짝 정신을 차려야 한다. 자리를 확보하고 뿌리를 확고히 하지 않으면 안 된다. 일하다 졸음이 오면 잠시 일을 뒤로 물리고 낮잠을 즐길 수 있지만 이내 피로를 풀고 일어나 기지개를 펴고 내일을 향해 성장의 고삐를 당겨야 할 달이다.

6월의 숲은 거룩한 은총이다. 오월처럼 현란한 신록의 향연은 끝나고, 제 각각의 능력과 생명력으로 모습을 드러낸다. 그 안에 흔들리지 않는 안정의 미와 성숙이 자리한다. 하지만 안정과 평화 속에 숨은 긴장과 위험을 간과해선 안 된다. 자세히 보면, 6월의 숲은 전쟁터요, 경쟁의 처절한 혈투장이다. 새싹의 신비와 신록을 찬미할 시간은 지났다. 나무마다 혼신의 힘을 다해 좀 더 많은 햇빛을 얻으려고 하늘로 치솟는다. 살기 위해 영역을 확보해야 하고, 햇빛을 더 받기 위해 쟁탈전을 벌여야 하며, 물을 흡수하기 위해 혈투를 해야 한다. 마을에 있었으면 거대한 정자나무로 우뚝 설 느티나무가 숲에선 나무 틈새에 끼여 가녀린 몸으로 햇빛을 받아내려고 치고 오른다.

숲에 사는 짐승과 새, 곤충도 예외는 아니다. 숲의 평화는 숨 막히는 공포와 살기, 긴장의 한낱 위장에 불과하다. 어떤 존재도 먹느냐, 먹히느냐의 약육강식의 법칙에서 벗어날 수 없다. 생존경쟁이 지속되는 한 영원히 필사의 삶이 전개된다. 6월의 숲이 위대해 보이는 건 생명체들이 각기 최선, 최상의 노력을 하고 있기 때문이다. 생존경쟁 속에서도 견제와 균형, 조화와 질서를 보이는 모습이 대견하다.

어쩌면 미소 짓는 물여울처럼
부는 바람일가
보리가 익어가는 보리밭 언저리에
고마운 햇빛은 기름인 양하고
깊은 화평의 숨 쉬면서
저만치 트인 청청한 하늘이
싱그런 물줄기 되어
마음에 빗발쳐 온다
보리가 익어가는 보리밭 또 보리밭은
미움이 서로 없는 사랑의 고을이라
바람도 미소하며 부는 것일까
_ 김남조 '6월의 시' 일절

초록의 희망을 이고
숲으로 들어가면 숲으로 들어가면
뻐꾹새
새 모습은 아니 보이고

맛 멋 흥 한국에 취하다

노래 먼저 들려오네

아카시아꽃

꽃 모습은 아니 보이고

향기 먼저 날라오네

나의 사랑도 그렇게

모습은 아니 보이고

늘

먼저 와서

나를 기다리네

_ 이해인 '6월의 숲' 일절

6월을 읊은 시인들의 작품 속엔 사랑과 은총, 서정이 넘쳐흐른다. 6월의 성숙과 미소가 그대로 담겨 있다.

하지만 6월은 우리 민족에겐 잔인한 달이다. 궁핍의 상징이던 '보릿고개'의 달이요, 민족상잔의 비극으로 상처와 악몽을 남긴 전쟁의 달이며, 민주화를 위해 싸운 6월항쟁이 일어난 달이다. 초록으로 뒤덮인 산하에 핏자국이 선명했다. 많은 사람들이 굶주렸고, 나라를 위서 목숨을 바쳤다. 이런 아픈 역사를 되풀이하지 않기 위해선 6월의 향기와 성숙과 풍요로운 서정으로 그때 흘린 피와 상처와 아픔을 치유해야 한다.

7월의 꽃

　　7월은 늠름하고 의젓한 장년의 계절이다. 청산은 우거지고 녹음방초(綠陰芳草)는 울울창창하여 저절로 한 폭의 청록산수도(靑綠山水圖)를 완성한다. 태양은 열정을 뿜어내고 자연은 목이 마르다. 산과 강과 바다는 짙어지고, 꿈의 대장장이들은 붉은 쇳물을 녹여 원대하고 소중한 생명력을 충전하기 위해 땀을 뻘뻘 흘린다. 정염과 집중력을 불어넣어 창조의 역동성을 보이는 달이다. 누가 감히 하늘과 태양, 산과 바다, 그리고 강이 일제히 품을 열어 생명을 위한 공력을 펼치는 광경을 제지할 수 있단 말인가. 그 광경은 가히 장엄하고 엄숙하다.

　　한국인의 마음속에는 '청산'이라는 유토피아가 있다. 산이 많은 한국의 지형상 우리는 자연스레 산을 보며 살아왔다. 청산에는 물과 나무, 꽃과 열매, 새와 나비, 하늘과 구름 등 한국인이 꿈꾸는 유

맛 멋 흥 한국에 취하다

토피아의 요소가 다 들어 있다. 그러므로 7월의 참모습을 무뚝뚝하게 태양의 정열만 내뿜는다고 생각해선 안 된다. 청산과 들판 속에 피어나는 가장 강렬한 태양이 피어내는 꽃들의 아름다움을 알아야 한다. 녹색은 청산의 보호색일 뿐 그 안을 들여다보면 울긋불긋 온갖 꽃들이 피어 그 어느 철보다 풍성한 색채미를 보여준다. 태양의 꽃인 해바라기를 비롯해 무궁화, 치자꽃, 배롱꽃, 자귀꽃, 원추리꽃, 달맞이꽃, 다래난초, 접시꽃, 수련, 채송화, 봉선화, 백일홍, 사루비아, 능소화, 비비추 등 모두가 7월을 장식한다. 이들을 보며 새들은 노래하고, 벌과 나비가 신이 나 모여든다.

이들 7월의 꽃은 태양을 닮아 붉고 노란색을 띠는 것이 많다. 보랏빛도 섞여 있다. 해바라기와 나팔꽃은 해를 따라 피고, 사루비아는 '불타는 사랑으로 당신을 포옹합니다'라는 꽃말을 갖고 있으며, 나라꽃인 무궁화는 아침에 피어 저녁이면 우산처럼 접혀 정갈하게 땅에 떨어지지만 여름 내내 끊임없이 피어 백 일을 무수히 피고 지는 이름값을 한다. 염천에도 기세가 꺾이지 않고 꽃을 피우는 모습에서 인내와 시련을 견뎌내는 지사의 강인함과 아름다움을 발견할 수 있다. 원추리꽃은 산야에서 흔히 볼 수 있는 노란 꽃으로, 화려하다고 할 순 없지만 단아하고 다정한 모습이 눈길을 끈다. 다래난초는 꽃대가 수직으로 올라가고 방울방울 연보랏빛 꽃에 흰 꽃술을 내놓고 있는 귀엽고 청초한 맵시가 돋보이며, 산중에 핀 하얀 치자꽃은 그 우아한 모습이 향기롭기까지 하다.

하지만 꽃의 향연에 취해 헤어나지 못해선 안 된다. 꽃은 열매를 맺기 위해 피는 것이며, 여름의 열매는 가을의 결실기를 거쳐 인간과 동물에게 소중한 식량이 되어 주는 까닭이다. 세상에 이처럼 소중하고 은혜로운 일이 어디 있으랴. 이는 하늘이 여름에 부여한 사명이리라. 7월의 땡볕과 폭풍, 그리고 소나기는 오곡백과를 여물에 하려는 하늘의 작업이다.

어느 철에 피는 꽃인들 아름답지 않으랴만 청산에 가려 잘 보이지 않는 7월의 무성한 꽃들을 찬탄하고 싶다.

맛 멋 흥 한국에 취하다

8월의 태양

　8월은 원색의 계절, 벌거숭이로 자연의 품속에 안기고 싶
은 달이다. 쨍쨍한 햇볕 속 느닷없는 소나기가 쏟아진다. 녹음은 짙
을 대로 짙어 몸에 닿는 순간 초록물이 묻어날 듯하다. 매미는 소
리꾼이라도 된 듯 하루 종일 목청껏 소리를 질러댄다.

　뜨겁다. 더위를 피해야 한다. 누구도 작열하는 태양의 기세를 당
하지 못한다. 사람들은 햇빛과 더위에 지쳐 그늘을 찾아든다. 가장
강렬한 햇볕을 받아들이는 것은 무성한 나무들이다. 땅과 하늘의
기운이 상승하는 8월, 펄펄 끓는 햇살을 온몸으로 받아들여 푸르죽
죽한 빛깔로 짙어져 가는 나무들의 광합성 작용은 세상을 녹색으
로 넘치게 만든다.

　8월의 태양은 타는 듯 이글거리고, 초록은 익어 터질 듯한 수박

빛이다. 파도는 내밀한 마음속까지 밀려와 하얀 포말로 부서져 내리고, 갑자기 쏟아져 내리는 소나기는 단숨에 온몸을 젖게 만든다. 새파란 하늘의 뭉게구름은 한가롭다가도 어느새 번개를 몰고 와 뇌성을 울리며 폭우를 쏟아낸다. 천지개벽이라도 할 듯 울리는 천둥소리와 하늘을 가르는 번개는 장쾌하면서도 전율을 불러일으킨다. 8월의 하늘은 이렇게 예고 없이 역동적이다.

8월은 태양만 강렬한 것이 아니다. 자연의 기운도 절정에 이르러 생기가 넘쳐난다. 나무는 강성해지고 곡식은 여물기 시작한다. 열두 달 중 과연 제왕이다. 숲이나 들판, 강과 바다에선 불꽃이 튄다. 태양은 생명의 대장장이가 되어 뜨거운 담금질로 뭇 생명체를 단련시키고 성숙을 안겨 준다. 불에 달궈낸 시우쇠를 수만 번 두드려 녹슬지 않는 방짜 유기의 황금빛 광택을 내는 장인(匠人) 같다. 8월의 들판에 서서 귀를 기울이면 태양이 내는 초록빛 담금질 소리가 들려온다.

8월이면 베짱이, 여치 등 풀벌레 소리가 무성해진다. 비록 초록 수풀에 몸을 숨기지만 자신의 존재를 알리기 위한 소통의 안테나를 높이 세우고 쉬지 않고 발신음을 내보낸다. 그 속에서 사랑을 찾기 위한 발신음과 수신음이 만나는 소리의 향연이 펼쳐진다. 폭포수 같은 매미들의 완창(完唱)도 들을 수 있다. 논에선 개구리 소

맛 멋 흥 한국에 취하다

리가 왁자지껄하다.

더위에 지친 몸은 자연스레 싱싱한 먹거리를 찾는다. 오이냉국, 된장에 풋고추, 호박잎과 상추쌈이 제격이다. 젓가락, 숟가락을 제쳐 놓고 두 손을 쓰지 않을 수 없다. 보랏빛 칡꽃이 피고, 줄기마다 송이송이 주황빛 꽃을 매단 능소화, 초록 색깔 속에 선명한 붉은 빛깔의 배롱꽃과 분홍 빛깔의 자귀꽃도 자태를 뽐낸다.

한국인의 마음속엔 8월의 피가 흐른다. 일제의 굴욕과 억압으로부터 광복을 찾은 감격과 감동의 달이기 때문이다. 어린 시절, 내 8월에 대한 기억도 광복절로 남아 있다. 지금은 국경일일 뿐 큰 행사가 열리지 않지만 내가 초중고 시절만 해도 광복절은 방학 중에 있는 소집일이었다. 결석을 하지 않으려 손으로 그려 만든 태극기를 들고 학교 운동장으로 가 기념식을 올렸다. 뜨거운 햇볕 속에 간혹 더위를 먹고 쓰러지는 아이도 생기곤 했다. "흙 다시 만져 보자~ 바닷물도 춤을 춘다~" 햇살에 눈을 찡그리며 목청껏 소리를 내질렀다. 광복절 노래를 부르고 '만세 삼창'을 하면 기념식은 끝이 난다. 행사가 끝나면 마을마다 광복기념 체육대회와 노래자랑이 열리곤 했다. 태극기를 들고 "대한민국 만세!"를 다시 외쳐보았으면 좋겠다. 이제는 학교에서 갖는 기념식과 노래는커녕 텔레비전을 통해 정부에서 하는 행사를 보며 광복절임을 의식할 뿐이다.

뜨거운 태양 속에서 열을 지어 올리던 그날의 기억은 태양, 흙, 바다의 의미와 조국의 체온을 알게 해 준 귀중한 체험으로 아직도 내 머릿속에 남아 있다. 그 시절처럼 일 년에 한 번씩 정다운 얼굴을 볼 수 있게 추억의 소집일이 있었으면 좋겠다.

8월엔 숲으로 가라, 8월의 바다에 안겨라, 태양의 강렬한 메시지를 느껴라. 자연을 성숙시키고 단련시켜 결실을 얻게 하는 8월의 뜨거운 집중력 속에서 삶과 길을 바라보라.

맛 멋 흥 한국에 취하다

9월의 사색

　9월은 뜨거운 땡볕이 물러가고 하늘이 창을 열고 얼굴을 내보이는 계절이다. 하늘은 맑은 표정으로 마음의 문을 연다. 어느새 신선해진 바람은 들국화와 코스모스 향기를 실어 오고, 열린 하늘을 향해 피리를 불면 멀리까지 퍼져나갈 듯싶다. 하늘을 보며 편안한 마음으로 햇볕을 맞아들이고 속삭임에 귀 기울인다. 9월은 이렇게 야단스럽지 않게 맑음과 그리움을 안고 다가온다.

　열린 하늘은 무한 공간을 선물한다. 하늘을 보면 마음은 넓어지고 영혼은 깊어져 사색에 잠길 수 있다. 고독과 사색은 교감과 소통을 위한 다리. 이때 비로소 초목들도 사색의 시간을 갖는다. 가을의 초입, 가을의 문이 열리면 한해살이를 성찰하고 남은 기간에 어떻게 결실을 맺을지 자문해 볼 시간 앞에 선다. 내가 서 있는 곳은 어디이며, 삶의 의미는 무엇인지를 점검하는 시간이다. 언제나 아쉬운 인생길에서 하늘을 우러러 영원을 바라보며 기도를 바치고 싶을 때다.

9월은 오곡백과가 제 모양, 제 빛깔로 튼실하게 여물어 간다. 초록으로 덮여 있던 산과 들도 조금씩 가을 색감으로 채색되어 간다. 길가의 코스모스는 가냘픈 얼굴로 미소 짓고, 매미는 판소리 마지막 대목의 절창을 뽑아낸다. 십수 년을 땅속 어둠 속에 굼벵이로 살다가 매미가 되어 열흘도 못 된 삶을 마쳐야 하는 매미의 열창이 가슴을 파고든다. 낮게 나는 붉은 고추잠자리는 맑은 하늘을 유유히 헤엄치고 있다. 그리움의 가슴과 귀도 열린다. 들리지 않던 풀벌레소리가 배게 맡에 들려오고, 창밖엔 달빛이 기다린다. 불현듯 벗의 안부가 궁금해져 육필 편지를 보내고 싶은 충동이 인다. 구절초, 쑥부쟁이 등 햇살 속에 향기를 내는 풀꽃들도 만나고 싶다.

9월이면 한해살이를 들여다보며 일 년의 의미를 짚어보아야 한다. 푸르던 들녘은 황금빛으로 물들고, 나무들은 일 년의 삶을 압축하여 한 줄의 아름다운 목리문을 아로새기는데, 나는 어떤 의미의 연보(年譜)를 작성할 것인가? 이렇게 9월이면 깨닫는다. 모든 식물의 삶은 열정과 충일로 가득 차 있음을. 그들은 언제나 떠오르는 해처럼 경건하게 하루를 시작하고 지는 해처럼 장엄하게 하루를 마무리한다. 항상 해를 바라보고 하늘과 대화하면서 일생을 꽃피

맛 멋 흥 한국에 취하다

우고 결실을 맺는다. 식물은 그들이 피운 꽃과 결실을 이웃에게 나누며 뭇 생명체가 살아갈 터전을 만들어 준다. 동물들의 삶을 지탱하고 보장해 주는 것 또한 연약한 식물들의 힘이다.

9월엔 날마다 깊어지고 성숙해지는 계절의 모습을 본다. 영원의 시공간에서 그리움의 선율이 들려올 듯한 그날, 서랍 속에 든 편지지를 꺼내 누군가에게 편지를 써 보고 싶다.

10월의 결실

5월에 '계절의 여왕'이란 왕관을 씌운다면 10월에겐 '계절의 황제'라는 대관식을 거행해야 마땅하다. 예전부터 10월을 '상달'이라 불러 다른 달과는 사뭇 격을 달리해 온 것만 보아도 그렇다.

10월이 되면 느낌부터 새로워진다. 일 년 중 하늘이 가장 맑게 열려 영원의 얼굴이 비쳐 보일 듯하다. 만물의 시선이 하늘로 향하게 만들고, 우주와 교감의 시간을 갖게 만든다. 까닭 모를 고독과 그리움이 밀려드는 것은 하늘의 무한한 깊이 때문은 아니다. 바람의 촉감과 풀벌레의 언어, 초목이 보여주는 색채미학 때문도 아닐 것이다.

10월은 풍요 속에 비움이 있고, 채움 속에 해체가 있으며, 만남 속에 이별이 있는 달이다. 그래서 10월이 되면 마음의 거울을 꺼내

맛 멋 흥 한국에 취하다

영혼을 비춰보고 싶다. 인생이란 일상 속에 허우적거리다가 삶의 본질과 의미를 잊어버리고 보낸 세월이 아닐까. 10월이 오면 티끌 한 점 묻지 않은 하늘을 볼 수 있어 삶의 궤적과 마음을 들여다 볼 수 있다. 그렇다, 가을 하늘은 무한대의 투명 거울이다. 그 거울을 보며 혼탁하고 어지러운 마음의 때와 얼룩을 씻어내고 정화한다. 내 인생의 결실, 모습, 향기, 빛깔을 생각한다. 나는 과연 땀과 성실로써 온전히 제 모습을 갖고 있는가?

10월은 단풍과 결실의 계절이다. 일 년 농사의 결실을 맺는 성스럽고 환희에 찬 달이다. 지난 열 달을 돌아보며 자신의 삶에서 추수할 수 있는 것의 의미와 가치가 무엇인지를 성찰하고 점검할 때가 왔음이다. 10월의 하늘과 땅과 기후는 과실의 빛깔을 무르익게 하고 과액을 맛들이게 하며, 한 톨의 열매라도 더 잘 익히기 위해 은총을 베푼다.

10월은 하늘의 맑음과 깊이, 땅의 풍요와 바람의 상쾌한 촉감을 느끼게 한다. 하늘과 땅, 인간과 자연, 영원과 순간이 교차하며 우리들 영혼을 더 높은 곳으로 고양시켜 준다. 일상에서 벗어나서 자연의 품속으로 가보고 싶다. 그 속에서 생명의 순리와 계절의 순환을 느끼고 싶다.

우리나라는 세계에서 으뜸인 청자(靑瓷)와 백자(白瓷)를 빚어낸

도자기의 나라다. 고려청자는 가을 하늘의 청명을 담아 놓은 그릇으로, 그 안엔 우리나라 10월의 하늘과 영원을 향한 마음이 담겨 있다. 그 빛깔은 우리로 하여금 볼수록 깊은 그리움 속으로 빠져들게 한다. 우리 선조들은 깊고도 맑아서 그리움을 실어오는 하늘을 청자에 담아 놓으려 했다. 영원의 마음을 담고 싶어 했다. 고려 5백 간 오로지 청색 탐구에만 매달려 온 도자기문화는 우리 민족이 하늘에 바치는 마음의 선물이 아니었을까.

하지만 10월이 가면 각양각색으로 빛나던 단풍도 어느새 해체의 순간을 받아들여 낙엽으로 돌라갈 채비를 해야 한다. 절정과 극치는 10월 한 달이면 끝나고 만다. 풍요와 결실은 언제나 우리 곁에 머물지 않는다. 가득 채운 뒤 다시 비우는 섭리다.

10월의 풍요와 황홀 속에 껍데기가 아닌 내면이 충일한 한 알의 열매가 되고 싶다.

맛 멋 흥 한국에 취하다

11월의 결별

　　11월은 가을의 영혼이 보이는 달이다. 가을이 절정에 달해 감동과 찬탄을 자아내지만 이면에 감춰진 고독과 고통의 표정이 보인다. 단풍은 생명의 아름다움과 일생의 절정을 보여주지만 지는 노을처럼 황홀하여 눈물겹다.

　　11월은 빛깔의 경연이랄까, 삶으로 나타낼 수 있는 모든 표현 양식과 기법이 유감없이 드러난다. 가을이 보여주는 생명의 극치감과 풍요, 결실은 앞모습일 뿐이다. 가을은 삶의 빛깔을 완성하지만 어김없이 그것을 떨쳐버린다. 낙엽은 천지에 넝마처럼 날려 뒹굴고 색은 무너져 내린다. 절정이 아름답고 감동적이었던 만큼 무너짐은 쓸쓸하고 처절하다. 결실로서 풍요를 얻은 만큼 버림으로서 마음을 비워내야 한다. 절정으로 치달은 만큼 추락을 맞아야 한다. 모든 빛깔이 한 자리에 만났으니 이제는 혼자가 되어 떠나야 한다.

계절의 교차가 보인다. 인생의 교차로가 보인다. 단풍은 한 순간의 장식에 불과하다. 삶의 수식어일지 모르는 단풍을 걷어내고 벌거숭이의 모습으로 되돌아가기 위해 고뇌의 몸살을 앓고 있는 모습이 보인다. 빈자리가 보이고 사색과 침묵을 향해 눈을 감는 시간이 있다. 색을 다 해체하여 떨쳐버리고 얻는 비움의 충만, 고요의 평온이 있다. 모든 것을 다 버리고 나서 다시 시작하는 시발점이 보인다.

11월은 고요히 존재를 찾아 길을 떠나는 계절이다. 들판은 어느새 비어져 공허하고 나무들은 옷을 벗어버린다. 충만 속에선 느낄 수 없던 빈 것의 정갈함, 허허로움 속에 뻗은 새로움의 세계가 보인다. 열정을 식히고 고요와 달관의 눈으로 텅 빈 대지의 마음을 들여다보게 하는 가을 끝 무렵, 어느새 노을이 지고 땅거미가 드리울 때처럼 돌아갈 곳, 존재의 집을 떠올리게 한다. 가버리고 말면 다시 볼 수 없을 듯한 애잔함을 느끼게 하는 것은 무엇 때문일까.

11월은 바깥의 화려함보다는 내면의 진실함이 깃들어 있는 달, 인생의 궤적을 돌아보고 그동안 걸어온 삶의 길 위에 떨어진 낙엽을 밟고 싶은 달이다. 소유하고 있는 모든 것들과 결별하고 가벼워진 마음으로 영원의 오솔길을 산보하고 싶다.

맛 멋 흥 한국에 취하다

12월의 의미

　　12월은 일 년간 걸어온 길을 뒤돌아보는 달이다. 사소하고 평범한 일상이었지만 인생에 다시 올 수 없는 순간과 일들이 강물처럼 흘러갔다. 희비애락도 있었고 무감각과 무의식으로 보낸 날도 있었다. 아쉽게도, 영원과 미래에 눈이 멀어 별 볼 일 없는 오늘을 천시하며 살아왔다. 진작 무덤덤한 오늘 이 순간이야말로 보석 같은 의미의 순간인 줄 모르고 미래와 영원을 손짓하며 지냈다. 12월은 이렇게 흔적 없이 보내버린 모래알 같은 시간들을 생각한다. 모래밭인 줄만 알았지 그 속에 금모래가 반짝이고 있을 줄은, 한 알의 모래가 되기까지 수억 년의 세월을 견뎌왔다는 것은 모른 채 지내왔다.

　　12월은 일 년간 걸어온 발자취를 돌아보고 성찰과 함께 나는 지금 어디에 서 있으며, 무엇을 하고 있는지를 확인하는 달이다. 이렇게 한해살이에 대한 의미를 부여한다. 아무리 미비하고 소박하더라도 내 인생의 적나라한 흔적이 아닌가. 지금 살고 있는 시공간 속에서 삶의 진실과 의미를 발견하여 깨달음의 꽃을 피워내지 않으면 안 되리라. 일 년의 마지막 달을 맞을 수 있음에 대해 하늘에 감사해야 한다.

12월엔 지난 일 년간의 열 가지 뉴스를 작성해 보아야 한다. 평범한 삶일지라도 비망록을 남기고 일 년을 배웅할 채비를 해야 한다. 무사하게 일 년을 보낸 것만으로도 감사의 기도를 올릴 일이다. 일기를 쓰지 않더라도 기억하고 싶은 일은 메모해 두어 일 년의 의미가 사라져버리는 일이 없도록 해야 한다. 세상 모든 일은 시간의 침식에 못 이겨 망각되곤 하니까. 사라지지 않는 영원의 장치는 오로지 기록뿐이다. 고마웠던 이, 그리고 소원했던 이에겐 감사드리고 소식을 전해야 한다. 마음속으로만 간직하지 말고 소통을 통해 마음의 향기와 빛깔로 관계의 꽃을 피워내야 한다.

하지만 12월의 가장 큰 의미는 희망의 새해를 맞을 준비를 하는 달에 있다. 그래서 떠나보내기가 섭섭하기보다는 다가오는 새해가 기다려진다.

맛 멋 흥 한국에 취하다

맛 멋 흥 한국에 취하다

6

달빛 서정

달빛 고요

　달밤에는 들판에 나가고 싶었다. 들판에 나가면 달빛이 거느리는 고요 속에 빠지곤 했다. 달이 부는 고요의 피리 소리……. 온 누리에 넘쳐 마음속으로 흘러드는 피리 소리. 고요초롬하기도 해라. 달빛보다 더 밝고 깊은 고요가 어디 있으랴. 누가 달빛의 끝까지 고요를 풀어 놓았을까. 고요의 끝까지 달빛이 밀려간 것일까.

　달밤의 고요는 냉수 한 사발처럼 그저 담담한 고요가 아니었다. 몇 광년 쌓인 우주의 고요이자 달의 영혼이 비춰진 숨결이었다. 하늘이 가장 낮아진 밤이었다. 달과 별들의 몇 광년이 빛으로 흐르고 고요 속에 젖어들고 있었다. 달빛이 젖어들면 꿈속 같았다. 하늘과 땅, 밤과 낮이 이마를 맞대고 있었다. 그리운 이들의 눈동자가 보이고, 머리카락이 닿아 있는 듯했다.

맛 멋 홍 한국에 취하다

달빛, 그리고 고요. 달빛 고요에 돌아눕는 들풀 몇 포기. 은하가 흐르고 있었다. 달이 부는 피리 소리. 영혼의 피리 소리. 옷을 벗는 나무들의 하얀 피부가 보이고, 풀잎 위에서 밤새도록 벌레들은 무슨 말을 하고 있는가. 옷을 벗고 있는 나무들의 말이 들렸다.

고요도 하나의 큰 소리일까. 세상을 가득 채우는 노래일까. 몇 천 년, 아니 몇 만 년의 그리움을 풀어 엮는 노래일 듯 싶었다.

실개천을 따라 줄지어 선 미루나무. 눈맞춤 같은 마음의 표현을 보고 있었다. 달빛 속에, 고요 속에 바람이 어떻게 부드러워지는지 보았다. 벌레 소리가 어떻게 더 고요하게 어우러지는지 들어보았다. 그럴 땐 영각사 주지승의 목탁소리도 생각나지 않았다.

달빛 속에 마음을 다 드러내 놓을 순 없을까. 혼탁하고 치졸한 내 마음을 달빛 그 고요 속에 헹구고 싶었다.
내 마음 속에 항상 빈 뜨락을 마련해 둘 수 없을까. 내 마음의 뜨락에 떠오르는 달빛과 고요를 생각해 보았다.

내 마음에 흘러드는 달빛, 그리고 고요……. 내 마음에 오래오래 달빛 고요가 머물러 있길 원하지만 내 마음은 늘 욕심으로 가득 차 빈 뜨락을 만들 수 없었다.

마음이 어지러우면 어머니는 눈을 감고 천수경을 외시지만 나는 달빛 고요를 생각했다. 달빛과 고요 속에 잠기면 차라리 가난이 더 홀가분하고 포근해졌다.

덕유산의 달빛 고요는 나를 행복하게 해주는 신비였다. 영혼을 맑게 해주는 그리움이었다.

달빛 대화

　　달빛이 방문의 창호지에 젖어 있을 때, 담담하고 환한 그 빛깔을 바라보는 고요의 맛을 나는 알 수 없다. 하지만 한밤중 방문에 물든 달빛을 보노라면 고요도 눈 속에서 갓 핀 매화처럼 기막힌 빛깔이라는 것, 그리고 그것도 한 순간이라는 걸 어렴풋이 느끼게 된다.

　　창호지 방 문은 안에서 바깥을 훤히 내다보는 것이 아니라 마음속으로 바깥을 생각하는 문이다. 달빛이 나의 방문에 와 젖어 있음을 본다는 것, 그래서 문득 마음속으로도 달빛을 맞아들일 수 있다는 것은 얼마나 행복인가.

　　분명 말은 들리는데 사람은 보기 어렵고 分明話出人難見
　　어젯밤 삼경의 달이 창가에 비추었네 昨夜三更月到窓.

이런 밤이면 문득 영취산 통도사 경봉(鏡峰) 스님이 떠오른다. 나는 가끔 그분의 선시(禪詩)를 음미해 볼 때가 있다.

경봉 선사는 1982년 7월 통도사 극락암에서 91세로 열반한 큰스님으로, 생전에 한 번 뵌 적이 있다. 얼굴에 얼룩처럼 군데군데 노인반(老人班)이 찍혔으나 표정은 어린아이처럼 맑았다. 빙그레 미소를 띠우고 나를 맞아 주셨다. 영취산 통도사 극락암에서 40여 년을 선(禪)과 수도 생활로 보낸 경봉 스님과 마주앉는다고 생각하니 떨리기만 했다. 그렇게 한 번밖에 만난 인연이 없지만, 그 이후 달밤이면 곧잘 경봉 스님의 미소가 떠올랐다.

바람이 허공에 불어오니 뜬 구름 흩어지고 風吹碧落浮雲盡
청산에 솟은 달 백옥 같아라 月上靑山玉一團.

경봉 스님은 40여 년을 영취산 깊은 곳 극락암에서만 지내다 열반하셨다. 나는 그분이 '무엇을 알고 갔을까' 하는 것보다 그분이 바라본 영취산의 달밤이 더 궁금했다. 모르긴 하지만 경봉 스님은 영취산의 달밤을 알지 않으셨을까 싶다. 맑은 바람 속에 밴 달빛, 달빛에 흐르는 풀벌레 소리, 물소리를. 영취산의 달밤을 알게 됨으로써 영취산의 전부를 알게 되고, 우주를 아는 마음의 문을 열게 되지 않았을까 생각한다.

맛 멋 흥 한국에 취하다

풀밭 그 사이엔 시냇물 구름은 흐르는데 一松一竹溪水雲

맑은 바람이 달빛에 젖네 唯有淸風伴月輪.

　열반 직전 "스님이 돌아가시면 어떠한 모습이십니까?"라는 사자의 물음에 그는 "야반삼경(夜半三更)에 대문 빗장을 만져 보거라"는 선문답(禪問答)을 남겼다.

　언제 통도사 극락암에 가면 대문 빗장을 한 번 만져보고 싶다. 그러면 그분과 달빛 속에서 대화를 나눌 수 있을는지도 모를 일이다. 달이 훤히 떠오른 야삼경에 영취산 극락암의 대문 빗장을 만져 보는 것은 곧 경봉 스님과의 대화의 문고리를 잡아당기는 일, 우주의 이치를 깨닫는 일이 될 듯도 싶다.

　그분은 영취산 암자에 앉아 40여 년 동안 달과 대화하며 선문답을 가졌으리라. 달과 바람이 만날 때, 달빛이 고요와 만날 때, 달이 풀벌레 소리를 재울 때의 그 오묘한 인연을 보았으리라. 그런 선미(禪味)로 살다가 달빛 속을 떠났을까.

　영취산의 달밤은 산중에 살면서 우주 전체를 아는 법과 멋을 가르쳐 주고 굳게 닫힌 답답한 마음을 열게 하는 언어를 묵시법으로 전해 주었던 것일까.

날은 흰 구름에 어리어 새고 天共白雲曉

물은 밝은 달을 안고 흐르네 水和明月流.

산중에서 달밤을 지내본 사람이라면 알겠지만 달빛을 마음속으로 맞아 담기란 쉬운 일이 아니다. 무섬증이 드는 적막함과 고독에 마음이 움츠러들어 감당하기조차 어렵다. 자신마저 잊어버리는 선의 경지, 달밤의 고요로 마음을 일만 번도 더 닦아낸 경지가 아니면 실로 어려운 일이다. 마음에 달빛을 맞아들여 마음을 밝게 채울 수 있다는 것은 지극히 어려운 일이다. 달빛과 마음이 합해질 때 시공간을 뛰어넘는 어떤 깨달음을 얻지 않을까 생각해 보는 것이다.

의연히 영취산 머리에 걸린 달아 依然靈鷲山頭月

만겁 년 전에는 네가 누구냐 萬劫年前汝是誰.

달빛은 흐르는 것인가, 쌓이는 것인가.

경봉 스님 앞에서 나는 쉽게 말문이 열리지 않았다. 간신히 "큰스님께선 요즘 어떻게 지내십니까?"라고 여쭸을 뿐이다. 그분은 빙그레 미소를 지으며 말씀하셨다. "늙고 병들고 하여 나 이렇게 지내고 있다"고.

그분과의 가장 오랜 대화자는 달이 아니었을까. 마음의 어둠을 밝혀 주는 달이 아니었을까. 마음을 은은히 밝게 비추고 어루만져

맛 멋 흥 한국에 취하다

주는 고요하고 부드러운 달빛이 아니었을까. 아니, 어쩌면 바람이 었는지도 모른다. 돌멩이나 한 알의 모래알이었을지도 모른다.

동천에 걸린 달아 우주 만상 빛이 되어
영취산 높은 봉에 너의 얼굴 나타났네.
만고에 불멸의 정신은 너도 또한 가진 듯.

경봉 스님의 마음엔 달빛이 배어, 달빛에 어리는 풀꽃의 담담한 향기가 배어 있는 것일까. 그분을 만나고 돌아오는 길에 나는 그분의 마음은 달밤의 경지와 같지 않았을까 생각했다. 어린아이처럼 맑은 미소 안에 달빛이 어려 있는 것 같았다. 마음속에 언제나 대화하고 명상하던 달이 있었기에 그분은 촛불을 켜지 않고도 일체음(一體音)을 보고 들을 수 있지 않았을까.

창호지 방 문에 그리움을 펼쳐 놓듯 넌지시 내 마음을 떠보는 달빛을 바라보는 맛을 조금은 알 듯도 싶다. 달밤이면 간혹 나는 영취산 달을, 경봉 선사가 바라보던 달을 생각한다. 비록 영취산의 달은 아니겠지만 나도 함께 바라볼 때도 있었으리라 생각한다. 그러나 나는 달을 보고도 아무것도 느끼지 못했다. 마음이 어두웠으니 달빛이 맑다는 것만 알았을 뿐이다.

달밤이면 간혹 생각한다. 공명의 덧없음을. 경봉 스님이야말로 오로지 영취산 속에 피었다 지는 무명(無名)의 풀꽃이고 싶어 했으리라 생각한다. 무명의 풀꽃이고자 했기에 마음의 문을 더욱 활짝 열 수 있었을 것이다. 달빛 속 영취산 극락암의 대청마루, 산의 자태와 그분의 모습이 떠오른다.

오동나무는 천 년 늙어도 오히려 곡조를 감추었고 梧千歲老猶藏曲
매화는 비록 한세상 동안 추워도 향기를 팔지 않는다 梅一世寒不賣香.

소도시에서 살게 된 이후로 달밤을 맞이한 인연이 점점 줄었다. 예전엔 그냥 창호지에 물드는 달빛의 말씀을 더러 가만히 생각해 보기도 하였건만 요샌 왜 달빛을 맞이할 수 없을까. 달의 모습도 보이지 않는다.

무심히 방 문에 달빛이 와 흐르고 있을 때 문득 달밤이, 그리고 내가 2년쯤 지낸 덕유산의 달밤과 경봉 스님, 영취산의 달이 떠오른다. 산색(山色)이 달빛에 젖을 때, 선을 하고 있는 달빛 속의 경봉 스님을 생각해 보는 것이다. 한 번이나마 경봉 스님을 뵈올 수 있었던 것도, 달밤이면 그분이 생각나는 것도 어쩌면 달밤이 맺어 준 귀한 인연이 아닐까 싶다.

달빛 마음

    그분의 눈매는 시골집 마당에 쌓인 달빛, 한밤중 달빛이 거느리는 고요와 같아서 늘 내 마음에 그리움을 담아 주신다. 말씀 중에 잠잠히 떠우는 표정엔 미풍의 부드러움과 산의 명상이 깃들어 있다. 말하지 않아도 다 아신다.

    그분의 눈매엔 모든 잘못을 씻어 주는 샘이 있어 무엇 하나 숨길 수 없다. 그분의 표정엔 숲이 있다. 풀벌레 소리 곁에 피어나는 무명의 풀꽃 향내가 배어 있다. 풀밭에 앉아 쉴 때처럼 편안하게 만들어 주신다.

    나는 아직 그분처럼 부드러운 눈매를, 표정을 가진 분을 보지 못했다. 그는 수백 년 즈음 무덤 속에 묻혀 있던 백자(白磁)의 곡선처럼 은근하고 아득한 평화를 지닌 분이다.

그는 이런 말씀을 하셨다. 항상 마음을 맑게 하는 샘을, 제 마음을 울릴 줄 아는 종을 가지고 있어야 한다고. 그분을 대하면 새벽 종소리가 들려오는 듯하다. 어찌하면 가난한 내 마음속에도 샘을 만들 수 있을까. 마음을 울릴 수 있는 종을 가질 수 있을까.

그분은 마음이 맑게 깨어 있어야 생각도 아름다워진다고 하셨다. 욕심에 충혈되고 피로에 지친 내 눈은 언제나 흐리다. 그분은 허전하게 비어 있는 내 마음에 정화수를 한 그릇 부어 주신다.

그분을 대하기만 해도 눈 오는 날의 순수가 되살아난다. 그분의 마음은 언제나 아무것도 가지지 않는 무욕(無慾)에 두고 있다. 필요 없이 더 가지고 있음으로써 거추장스럽지 않을까 걱정하신다.

내가 어두운 생각, 침울의 늪에 빠져 있을 때 "너처럼 행복한 사람이 어디 있겠느냐?" 말씀해 주신다. 나는 왜 여태껏 누려온 것을 행복이라고 생각하지 못했을까. 눈보라 속에서도 살그머니 눈뜨는 매화를, 음지에서 향을 뿜는 난(蘭)을 생각조차 못했을까.

어떻게 달빛의 고요 같은 눈매로 사람들을 대할 수 있을까. 남이 어떤 말을 하더라도 흐려지지 않는 달빛 속일 수 있을까. 남모르게 밤중에 잠깐 머물다 가는 달빛의 고요처럼 그렇게 살다 가고 싶다.

달빛 무한

한밤중 덕유산 달빛 속에 있다 보면 덕유산의 참모습을 알수 있다. 보이지 않는 마음을 알 수 있다. 몇 천 년, 아니 몇 만 년이흘러도 변하지 않는 산의 중심, 마음의 바닥을 어찌 짐작할 수 있으랴. 수백 리에 걸쳐 여러 개의 연봉(連峰)을 거느려야 하는 흔들리지 않는 산의 중심과 마음은 얼마나 깊고 든든해야 할까.

한밤중 달빛 속엔 산의 마음, 깊은 바닥까지 달빛이 닿는 것인지그토록 맑고 고요를 보진 못했다. 필시 산이 몇 만 년의 마음을 한데 모아 명상에 잠기는 시간일지도 모른다고 짚어 보곤 하였다.

달빛은 산의 명상을 실어와 방 문에 물들여 놓곤 했다. 심심풀이였을까. 아니다. 누군가 나에게 보내준 초대장일지 모를 일이었다.
방 문을 열면 고요의 벼랑 끝에 서 있었다. 적막의 끝부분을 바라보았다. 봄밤의 달빛은 은빛 비단이 되어 펼쳐져 있었다. 그 비단의 고요 속에 바람은 숨죽여 무슨 말을 골똘히 생각하고 있었다. 눈부신 것은 달빛이 아니라 고요였다.

달밤이면 바깥으로 나갔다. 달빛에 젖는 발이 외로웠다. 달빛이 풀어내는 은빛 고요가 이마에 와 닿아 마음이 시려 왔다. 달빛 속에 우두커니 홀로 고적 속에 빠져 어찌 할 바를 몰랐다.

아무리 생각해도 알 수 없었다. 이 덕유산 깊은 밤엔 분명 어떤 의미가 있을 것이라는 막연한 생각만이 감돌았다. 달빛과 고요와 산이 함께 만나자고 약속한 것만 같았다. 그래서 생각이 무한대로 뻗어나가 마음대로 이야기하고 있는 것이 아닐까. 찰나와 영겁이 함께 만나 비밀 얘기를 나누는 것은 아닐까. 모르지만 우주적인 신비에 대해 수군대고 있는 것만은 분명한 듯 싶었다.

산중의 달빛이 어떤 말이거나 얘기가 아닐 수는 없다고 생각했다. 그렇다면 무슨 얘기였을까. 무슨 비밀이었을까. 달빛 속에 우두커니 홀로 서 있는 이 순간이 그냥 무의미함만은 아닐 것이란 생각이 들었다. 무엇인지는 알 수 없지만 달빛처럼 은은히 하늘로 떠오르는 듯했다.

맛 멋 흥 한국에 취하다

정말 알 수 없는 일이었다. 달빛 속에선 아무것도 알 수 없었다. 차라리 끝없는 의문, 그 의문마저 잊어버리는 것만 같았다.

덕유산 숲은 수묵화처럼 젖어 있었지만 잠든 것은 아니었다. 무한대로 뻗어나가 잎을 흔들고 있었다. 산골짜기를 타고 흐르는 개울물도 무한으로 흘러가 한 마디 중요한 말이 되는 것일까.

아, 무량한 이 고요는 말의 침묵이 아닌 것 같았다. 온갖 말들이 합쳐져서 다시 고요의 광야가 된 듯했다. 달빛 속에는 보이지 않는 어떤 영령들이 제각기 간절한 말 한 마디씩을 뱉어 놓는 것일까. 나무도 돌도 풀꽃들도 달빛 속에 한 마디씩 풀어 놓고 있었다. 그것들이 한데 모여 고요가 되었을까. 달빛 속에선 고요를 듣는 귀를 하나씩 가지고 있을 성 싶었다.

달빛이 펼치는 천 년 만 년의 이 되풀이를 우리는 몇 번이나 맞이하는가. 하늘의 별들과 일생 동안 몇 번이나 눈맞춤할 수 있단 말인가.

달빛과 고요와 산이 하나되는 모습을 혼자서 바라보았다. 달빛의 무한을, 고요의 무한을, 산의 무한을 생각해 보았다. 이 순간의 무한도 함께 생각해 보았다.

달빛 산책

    내가 덕유산에서 지낼 때 달밤은 덕유산의 혼령을 데리고 슬금슬금 마을로 내려왔다.

    경남 함양군 서상면 상남리 조산 마을. 내가 사는 초가집 마당에 내려온 달빛은 무섬증이 들 만큼 아름다운 환영이었다. 칼을 들고 북소리에 맞춰 춤추는 무당의 백짓장 같은 얼굴이 생각나기도 하고, 육십령 장치고개에서 십 리 길 외딴길을 걸어올 때 어두운 산속에서 들리던 짐승의 울부짖음이 생각나기도 했다.

    고요도 무서웠다. 머리끝이 쭈뼛했다. 그래서 동숙하던 K씨와 밤 깊은 줄 모르고 팔뚝 때리기 화투를 쳐댔다. 오줌이 마려워 마당에 나와 서면 발 끝에 덕유산의 혼령이 와 머물렀다. 마당 옥수수밭에 오줌을 누며 진저리를 쳤다.

맛 멋 흥 한국에 취하다

'아아, 이 고요를 어떻게 할까, 이 달빛을 어떻게 할까.'

덕유산 달밤은 덕유산의 마음 깊이만큼 오래 묵은 그리움을 펼쳐 놓는 것일까. 달빛 속에 산의 자태가 드리워져 있었다. 달빛 속으로 발걸음을 뗄 때마다 나는 산 속을 걷고 있는 듯한 착각에 빠졌다.

덕유산의 혼령과 달빛이 합쳐져서 아득한 고요를 빚어놓을 때 나는 피리를 하나 가졌으면 싶었다. 피리를 불 줄 알아서가 아니었다. 그냥 하나 가졌으면 좋겠다 싶었다. 구멍 속엔 그동안 채워 두었던 허전한 마음이 가라앉아 한숨 소리라도 은은한 소리로 울려 퍼질 것만 같았다.

달밤이면 생각했다. 피리를 불 줄 알면 얼마나 좋을까 하고. 그러나 낮이 되면 피리 생각을 잊어버렸다. 내가 부는 피리 소리는 과연 어떤 소리일까. 덕유산의 혼령과 달빛은 내 피리 소리를 맞아줄까. 달빛이 바닷물을 끌어당기듯 달빛의 인력 때문일까. 바람과 합쳐지는 달빛, 달빛을 즈려밟고 가는 바람과 함께 가고 싶었다.

달밤이면 하늘은 더욱 낮아지고, 마음은 높이 떠올랐다. 달빛과 나무의 생각이 합쳐질 때, 달빛과 풀꽃의 눈매가 마주칠 때. 달빛과 산색이 마주할 때.

들풀은 피어 흩어졌고, 풀벌레 소리와 별무리도 사방으로 흩어졌다. 달빛 속을 거닐면 내 그리운 이의 마음에 가 닿을 수 있을까. 달빛처럼 그렇게 몰래 가 닿을 수 있을까.

우리도 잠시 달빛처럼 내려와 아무도 몰래 떠나갈 것이니…….바람처럼 풀벌레 소리처럼 사라져 갈 것이다.

덕유산에서 만난 달빛과 풀벌레 소리도 어쩌면 인연이었다. 우리의 인생도 달빛과 바람에 합쳐지듯 그렇게 어울려 물러갈 것이다.

덕유산에서 지낼 때 달밤은 덕유산의 혼령을 데리고 슬금슬금 마을로 내려왔다. 다시 한번 덕유산의 달밤과 만나는 인연을 가져 달빛 속에 잠기고 싶다. 덕유산의 혼령과도 만나고 싶다. 정말 달밤에 피리를 한번 불어 보았으면 싶다.

맛 멋 홍 한국에 취하다

달빛 속의 나무

덕유산 기슭의 조산 마을에서 지낼 때 달밤은 나를 가끔 환상의 늪에 빠지게 만들었다. 가만히 창문을 열어 놓고 바깥을 내다보면 달빛이 다가와 내 이마에 곤충의 촉각을 불어넣어 주었다.

뾰족하고 예민한 촉각이었다. 물끄러미 창밖을 내다보면 달빛이 붙여 준 촉각으로 덕유산 숲속의 벌레들 마음을 감지할 수 있는 듯했다. 그것은 여인들의 월경처럼 나에겐 일종의 잠 못 이루는 병과도 같은 것이었다.

달밤이면 창밖을 내다보았다.

창밖엔 백 년도 더 됨직한 느티나무가 한 그루 서 있었다. 밤이 깊어질수록 나무의 생각도 깊어졌다. 나무의 생각이 깊어져 반쯤 눈을 감을 즈음이면 달이 나무를 만나러 왔다. 달과 나무가 가장 잘 어울릴 때는 달이 나무를 만나러 머리 위까지 왔을 때다. 나무에 달이 걸린 것처럼 바로 가까이 왔을 때 달빛은 내 촉각을 타고 마음으로 흘러들었다.

이상했다. 달밤이면 달빛이 달아 준 그 촉각으로 덕유산 계곡처럼 깊은 상상 속으로 빠져들었다. 내 상상과 달빛이 닿은 나뭇가지, 그 나뭇가지에 와 머문 나무의 생각과 만날 때도 있었다. 그럴 땐 비록 한 그루 나무지만 수천 수만의 잎새와 그 잎새마다 보이지 않게 뻗친 생각의 잎맥을 보았다.

창밖으로 보면 왠지 달이 나무와 단둘이 있는 것 같았다. 반쯤 눈을 감고 있던 나무도 눈을 뜨고 달을 맞이하고 있었다. 말과 나무의 대화는 묵시법일까. 달빛으로 물든 하얀 가지와 어슴푸레 보이는 잎새들은 시상(時想)에 젖어 있었고, 아무도 보는 이 없는 공간에 드리워진 고독한 그림자는 달과 나무의 묵시법처럼 보였다.

어릴 적에 듣던 얘기가 문득 떠오르기도 했다.
"달밤에 가장 무서운 게 뭔지 아남. 사람이야. 사람 중에 가장 무서운 건 도둑놈이 아니고 여인이야. 여인 중에도 미인이 더 무섭지. 달빛 속에 예쁜 여인을 보면 홀리고 마는 게야. 그게 사람인 줄 아남. 백 년 묵은 여우가 사람으로 둔갑한 거지. 그래서 달밤에 미인을 만나면 머리끝이 쭈뼛 설 만큼 무서움이 드는 게야……."

맛 멋 흥 한국에 취하다

달빛 속의 나무는 아름다웠다. 달이 나무에 걸린 듯 단 둘이서만 얘기를 나누고 있는 듯 보일 때 달빛 속의 느티나무는 미인보다 더 아름다워 보였다. 잘 보이지는 않지만 잎새의 잎맥까지 달빛에 닿을 때 나무의 생각은 달빛 속에서 서로 만나고 있었다.

달밤이면 창밖을 내다보았다. 거기엔 백 년도 더 된 느티나무 한 그루가 서 있었다. 그냥 무심히 바라보는 눈앞에 서 있었다. 산중 월삼경(月三更)의 고요, 그 정적 속에 눈을 감는 나무의 명상법을 보고 있었다.

생각해 보면 그때가 행복했다. 먼 숲속의 풀꽃, 벌레들과 교감을 나눌 것 같은 달빛이 붙여 준 촉각은 어디로 갔을까. 잃어버린 그 촉각을 다시 찾을 수는 없을까.

달빛 속 풀꽃에게

아직 마음에 남은 그리움덩이를 풀어내기 위해 무심코 부는 피리 소리처럼 풀벌레 소리가 달빛에 젖어 있을 때…….

햇살 속 나무는 나이테를 키우고 달빛 속에선 생각을 키우지만 밤새도록 벌레 소리는 무엇을 말하는지 알지 못할 때…….

달빛 속 나무 잎새마다의 생각을 서로 넌지시 알아차려 한 그루 나무의 명상이 될 때, 수천의 나무들의 명상이 모여 산의 침묵이 될 때…….

말하지 않아서 더 좋은 침묵이 한동안 흘러 풀꽃과 벌레, 푸르딩딩한 열매의 마음을 적셔 놓을 때…….

달빛 속 수풀의 풀꽃들이 여인들의 머리핀 같은 그런 말들을 몰래 골라내 놓고 잠자코 있을 때…….

옅어지기 위해 별들이 반짝거릴 때, 멀어지기 위해 물이 쉬지 않고 흘러갈 때, 아주 사라져 버리기 위해 달빛이 여기 머물 때…….

홀로 있으나 그리운 이의 머리카락과 내리감은 속눈썹 끝에서 마음이 서로 만날 때…….

밤을 가득 채우는 풀벌레들의 비밀스런 교신으로 무엇이 이뤄지는지, 저 수만의 언어로써 무엇을 만들어 내는지 알지 못할 때…….

갑자기 달빛이 퍼런 비수 빛으로 변할 때, 왈칵 무섬증이 치밀어 몸서리 칠 때…….

달빛은 외로운 이가 호젓이 부는 피리 소리, 그 고요의 노래일 때, 땅에 붙어 눈에 띄지 않는 풀꽃의 없는 듯 한 향기일 때…….

달빛 속에 풀꽃이 말문을 열며 사방을 둘러봐도 얘기를 나눌 데가 없을 때…….

백 년쯤 된 대청의 소나무 곁에 달빛이 찾아와 말 없이 교감을 나눌 때, 서로 언젠가 한 번 만났던 인연이 있었던 게 아닐까 하는 생각이 떠오를 때…….

풀꽃은 지고 말면 또 수많은 풀꽃으로 피어날 것이지만, 달빛은 비록 오늘의 달빛은 아닐지라도 다시 우리의 영혼을 쓰다듬는 촉감으로 흐를 것이지만, 나는 서서히 세월의 늪에 빠져드는 모래알이라는 생각이 들 때…….

달빛 속에서 나는 가끔 수풀 속에 수없이 피어 있는 풀꽃 중의 하나가 되어 새벽녘까지 잠 못 이루곤 했다.

달빛 일기

하나.

산중에 살다 보니 말수가 적어졌다.

달밤이면 더욱 할 말이 없어졌다. 달빛이 내려앉은 농가와 마당, 장독대 옆에 흰 수국이 혼자 피었다. 희다 못해 푸른빛을 낸다. 가축들도 잠들었는지 기척조차 없는데 뒤란이 허전하다. 누군가 쓰윽 말없이 들어설 것만 같다.

달빛은 쇠죽 끓이는 검은 가마솥에, 그 곁에 아무렇게나 놓여 있는 비료 포대 위에, 기둥에 식구 수대로 가지런히 걸려 있는 칫솔과 램프에도 와 이마를 대고 있다. 밥상 위에 책을 펴놓고 연필에 침을 묻혀가며 숙제하던 아이도 잠이 들었다.

방 문 창호지와 달빛이 말없이 얼굴을 맞대고 있다. 달빛에 물든 창호지가 수국 빛을 닮았다. 외양간에선 농사일에 지쳐 되새김질 하던 소도 잠들었을까. 얼마 전까지만 해도 나던 워낭 소리가 들리지 않는다. 담장 위의 박꽃은 하얀 옥양목보다 희다. 그 박꽃의 입술이 달빛을 뿜어내고 있다. 사기 대접보다 더 희다. 은장도처럼 푸른빛이 돌고 무섬증이 몰려온더. 섬뜩하다. 아름다움이 이렇게 무서울 줄이야…….

앞마당의 감나무 갈매빛 잎새가 달빛 속에 숨죽이고 있다. 밤톨만 한 풋감을 달고 있는 감나무는 마당에 자신의 모습을 투영시켜 내려다본다. 생각에 깊이 잠겨 있는 것 같기도 하다. 기둥과 흙벽 사이에서 기어 나온 발이 많이 달린 벌레 한 마리가 대청 바닥에 떨어져 기어간다. 그 모습이 마치 일제히 노를 젓는 것만 같다. 대청마루 한 구석, 달빛을 헤치고 어디론가 바삐 사라졌다.

바람이 잠시 마당의 감나무 그림자를 흔들다가 만다. 심심풀이였던가.

바람도 없는데 별안간 풋감 하나다 툭 떨어진다.

대청 위 사기 대접엔 냉수가 반쯤 담겨 있다. 사기 대접의 둥근 선이 달의 곡선과 닮아 있다. 냉수도 달빛처럼 담담하다. 술에 취한 집주인이 마시다 둔 샘물이다.

대청마루 밑에 놓여 있는 호미와 괭이가 흙 묻은 풀잎 내를 달빛에 헹궈 내고 있다. 잡초 뿌리와 풀 이슬이 대화를 나누고 있는 것 같다.

산중에 지내다 보니 말수가 적어졌다. 사실 사람들을 자주 만나지 않으니 말이 필요하지 않다. 다만 나무며 산새, 풀꽃처럼 노상 보는 것들이나 그냥 무심히 바라보는 것이 소일거리일 뿐.

가뭄 때문에 고추 모종에 일일이 물을 붓던 일흔 살쯤 된, 아직 머리가 세지 않은 할머니의 얼굴이 떠오른다. 주름살 때문인지 더 친근해 보인다. 농가(農家) 마당에 달빛이 훤하다. 밤이 지나면 달빛은 물러갈 것이다. 인생도 달빛처럼 머물다가 물러갈 것이다.

둘.
툇마루 한구석에 재떨이가 놓여 있고 꽁초 서너 개가 보인다. 농부의 생각이 달빛에 비춰진다.
"비가 좀 와야 할 텐데……."
하늘을 쳐다보며 중얼거리는 농부의 눈가에 잡히는 주름살, 담배 연기를 길게 뿜어내는 한숨이 달빛에 젖는다. 농부의 한숨과 근심이 몇 개의 꽁초가 되어 툇마루 한 구석 재떨이에 떨어진다.
툇마루 바로 앞 대밭에서 달빛이 머뭇거리는 것 같다. 대밭 그림자에 비쭉 얼굴을 내밀다 만다.

맛 멋 흥 한국에 취하다

오늘 따라 개구리 소리가 더 낭랑하다.

개굴 개구르르…….

개굴 개구르르…….

개구리 합창에 달빛은 숨을 죽이고 땅에 엎드려 있다. 개구리 소리가 밤마다 다른 것 같다. 흙담 벽으론 허름한 멍석이 둘둘 말려 비스듬히 세워져 있고 옆으론 비료 포대가 아무렇게나 놓여 있다. 장독대 옆 꽃밭엔 소주병을 거꾸로 땅에 줄줄이 묻어 맨드라미, 분꽃, 봉숭아를 기르고 있다 농부가 마시고 난 소주병들은 땅에 묻혀 술내음 대신 꽃향기로 속을 채우고 있는 것일까.

대청에 어디서 날아왔는지 풍뎅이 한 마리가 거꾸로 누워 빙빙 소리를 내며 맴돌고 있다. 날개 젓는 소리가 요란하다. 꽃밭 맨드라미 너머론 반딧불 한 마리가 흘러간다. 달빛 속 반딧불이 무색하다. 건넌방에서 간간이 들리던 할아버지의 잔기침 소리는 들리지 않는다. 대문 밖 농토 위의 달빛은 농작물 뿌리의 귀를 적시고 있다. 몇 번이나 뿜어 대던 농약 세례 속에 팬 벼이삭에도 달빛이 차 있다. 낮에 농약을 들이마신 벼이삭에게 달빛이 해독제가 되어 주고 있는 것은 아닌지 모른다.

지붕 기와 이랑의 달빛은 선율로 흐른다. 뒤란의 벽오동 그림자가 지붕 한쪽에 걸쳐져 있다. 그냥 손이 심심해 부쳐 보는 합죽선에 이는 것 같은 바람에도 지붕 위 벽오동 그림자는 조용히 움직인다. 들릴락 말락 한 미분음(微分音), 아무도 모르게 기와의 선형(線形)을 드러내 주는 고요한 선율, — 아마도 달빛의 농현법(弄絃法)인 듯싶다.

장구지 마을 쪽의 우거진 검은 숲. 이즈음이면 언제나 그쪽에 뜨던 별들이 웬일인지 보이지 않는다. 오늘은 별 대신 숲 속에서 개울물 소리가 들려왔다. 덕유산 계곡을 타고 흘러내리는 물소리다.

흘러가거라. 모든 게 흘러가고 있다. 새겨 두었던 기억도, 정(情)도 종내 잊혀지는 법. 이런 망각도 신선하게 느껴진다. 어쩌면 오늘 밤은 조선 중엽의 어느 날 밤이 다시 돌아와 머문 것 같다.

맛 멋 흥 한국에 취하다

달빛의 말

　　산중에 있을 때는 알지 못했으나 지금 생각해 보니 달빛도 말이 아니었을까 싶다. 한밤중 마당과 대청에 가라앉아 있던 그때의 달빛은 무슨 말들을 펼쳐 놓았을까. 산중에 무심히 보던 그 달빛의 한자락이 마음에 흘러와 슬쩍 말머리를 꺼낸다.

　　가장 고요한 데로, 가장 눈에 띄지 않는 곳으로 만나러 가마. 가장 외로운 곳으로, 가장 깊은 곳으로 마음의 근심을 지우는 손수건을 가지고 가마. 가서 흐르는 눈물을 닦아 주고, 흐느끼는 네 영혼을 어루만져 주마. 부드러운 말이 지닌 힘을 알려주마.

　　소나무 숲 바닥에 흩어진 갈비 위에 내려와 있던 달빛, 농가 댓돌 위 농부의 고무신 안에 살며시 들어와 있던 달빛에게.

당신은 영감(靈感)의 긴 머리카락을 드리우고, 그 한 올 한 올마다 세상을 적시는 노래를 몰래 빗질하고 있는 것인가. 시공간을 뛰어넘은 언어, 바라보기만 하여도 마음이 통하는 대화법을 깨달을 수는 없을까. 십 년 전 산중에서 본 그때의 달빛은 물러나지 않고, 아직 내 마음의 언저리에 남아 말이 돼 주곤 한다.

가장 낮은 데로, 드러나지 않은 데로 찾아가마. 말하지 않아도 마음이 통하는 언어. 우주 공간에서 별들과 대화하여 얻은 별빛 언어……. 마음 구석구석에 이는 상념까지도 그 언어로 반짝이게 하마. 아무도 모르는 곳으로, 얘기가 그리운 이를 찾아가마.

달빛에게 마음으로 말하곤 한다.
고요를 더 고요롭게 만들면, 외로움을 더 외롭게 만들면 종내는 어떻게 되는가.

굳게 닫힌 곳으로, 어둠 속에 막혀 있는 곳으로, 얼어붙어 온기조차 없는 곳으로 찾아가마. 말문을 닫고 있는 너에게로. 그대의 이마를 짚어 주고, 찬 손을 잡아 주마. 그러면 닫힌 문이 열리고, 얼어붙은 마음이 풀리는 말이 생각나리라.

풀내 나는 곳으로, 흙내 나는 곳으로 가마. 풀벌레 소리 가득 찬

맛 멋 흥 한국에 취하다

데로, 귀뚜라미 소리를 듣고 있는 이의 방으로. 한 번쯤 눈을 돌려 밤하늘을 바라볼 줄 아는 여유를 가진 이들을 만나러 가마. 말없이 그냥 머물러 있다가 와도 나의 언어는 풀잎에 맺힌 이슬로 풀밭을 적시고 대지에 입 맞추리라.

십 년 전에 젖은 달빛이 덕유산 계곡을 흘러내리는 물소리처럼 내 마음을 적신다. 달빛도 산중에서 보던 달빛과 도시에서 보는 달빛은 분명히 다른 데가 있는 것일까. 달밤이면 예전에 만났던 덕유산 달빛을 생각하고 그 달빛 속으로 달려간다. 내 마음에 지워지지 않는 산중 달빛이 아직도 머물고 있는 것은 생각할수록 신기하고 다행한 일이다.

가장 높은 데로, 가장 먼 곳으로 떠오르마.
가장 낮은 데로부터 말없이 하늘로 떠오르마.
너의 생각, 한숨을 하늘까지 가지고 가마.
가장 간절하면 오히려 무관심해지는 법을 알게 하리라.

덕유산 달빛은 내 마음 가장 깊은 곳에 쌓여 있다. 그 달빛은 마음의 어둠을 지우는 순금의 언어. 그 달빛의 말을 생각할 때마다 나는 달빛의 맑은 도취 속에 빠지곤 한다.

덕유산 달빛에게

　　달빛 속 덕유산은 만년 침묵에 잠겨 있었다. 산중 달빛에서 목련꽃 향기가 풍기는 듯했다. 취할 듯 어지럽기도 했다. 이런 밤이면 산중 짐승들도 잠들지 못하고 사방을 두리번거리며 동정을 살피고 있을 때다. 한밤중 오줌 누러 뒷간 가는 길, 걸음을 뗄 때마다 한 뼘씩 고요 속으로 빠져들어 발목이 잡히는 듯했다. 덕유산 달빛과의 만남은 하늘이 주신 인연이었다.

　　열일곱 살 적 겨울, 아버지가 병고 끝에 돌아가셨다. 어머니와 두 여동생이 울부짖었다.

"울지 마라!"

　　나는 견디다 못해 소리쳤다. 통곡 소리에 정신을 차릴 수가 없었다. 순간, 무언가 깊이 생각해 볼 엄숙한 시점임을 느꼈다. 아버지와 작별을 고해야 할 때 정신을 차릴 수 없게 만드는 통곡으로 마음이 헝클어지는 것이 싫었다. 어머니와 여동생들이 울음을 멈추고 멍히 나를 쳐다보았다. 내가 할 수 있는 일은, 고작 울음을 멈추게 하는 것이었다. 불행의 시작이 아니라, 정신을 차려야 할 때임을 느끼고 있었다. 무작정 울 때가 아니라, 무언가 생각해 볼 때임을 절감했다. 눈이 부셔서 달빛이 싫었다. 상주가 된 부끄러운 몰골을 훤히 비춰내는 게 몹시 언짢았다.

덕유산 기슭 외딴 학교에 교사로 있으면서 자취 생활을 하던 때였다. 덕유산에서 지낸 2년 간 가장 친숙한 대화자는 달빛과 적막이었다. 덕유산 한 가운데, 달빛 속에 있었다. 달빛 속에 비친 외롭고 긴 내 그림자를 보았다. 환상 속일까, 운명처럼 느껴지기도 했다. 달빛 속에선 내 머리에 곤충처럼 뾰쪽한 촉각이 솟아난 듯했다. 나도 달빛 고요의 표정을 갖고 싶었다. 달빛의 맑은 도취 속에 빠져들었다.

40여 년의 세월이 흘렀건만, 덕유산 달빛은 언제나 나를 위무하고 길을 밝혀준 마음의 등불이었다.

덕유산 달빛처럼 투명할 수 있을까. 덕유산 달빛과 고요를 떠올리면, 명상에 빠져들었다. 덕유산 달빛은 하늘과 땅과 만나는 은밀한 통로였다. 천상의 언어를 가르쳐 주었다. 맑고 깊은 달빛 고요를 가져와 내 마음에 채우곤 했다. 아무 말도 필요 없이 달빛 도취와 환상 속에 빠져들곤 했다.

마음속에 텅 빈 마당을 준비해 놓고 싶었다. 달빛 고요 속에 오래오래 잠기고 싶었다. 덕유산에 있을 때의 달빛 고요와 다시 만날 수는 없을까. 내 머리에 솟은 촉각은 어디로 가 버렸을까.

덕유산 달빛을 생각하면 외로운 영혼을 달래 준 달빛의 은혜를 잊을 수 없다. 덕유산 달빛 고요는 내 마음의 때와 먼지를 지우는 비단 손수건이다. 한없이 자비로운 손길로 내 얼굴을 쓰다듬어 주는 위무자이다. 누추하고 부끄러운 내 삶의 길과 마음을 환히 밝혀 주는 인도자다.

맛 멋 흥 한국에 취하다